Capitolo 1 – Lil

REGNO DI ISK
2.000 ANNI PRIMA

Un raggio di sole le accarezzò il viso. Lil sollevò le palpebre, guardandosi attorno. Si trovava su un comodo materasso di piume incorniciato dalla struttura di un letto in legno scuro. La stanza era piccola e povera, arredata solo con una sedia, un armadio e un tavolino con una boccetta d'inchiostro, dei pennini e una pergamena. *È la stanza di un uomo*, pensò tra sé.

All'idea di trovarsi per la prima volta in vita sua fuori dalla sua amata isola, le venne da sorridere. *Ma dove sono? E dov'è Miril?*

Tentò di tirarsi su a sedere, ma un'insopportabile fitta sopra il seno la fece urlare di dolore e quasi perdere i sensi.

Mentre cercava di riprendersi, udì dei passi provenienti da dietro la porta, che si spalancò su un uomo anziano, calvo ma con la barba corta e brizzolata, vestito di un'armatura in pelle ormai consumata con una spada sul fianco. Lo seguiva un ragazzo più giovane, dal viso tondo e pieno, di corporatura robusta e con un'armatura simile a quella del suo compagno, anche se tenuta meglio.

"Te l'ho detto che si stava svegliando," disse il vecchio.

L'altro non rispose, limitandosi a squadrare da capo a piedi Lil, la quale, sotto quello sguardo, si sentì come nuda.

Dopo un attento esame, il giovane replicò: "Sì, ora è decisamente sveglia! E con questi occhi, è ancora più interessante la nostra prigioniera…"

Le si avvicinò, continuando a studiarla con interesse. Una volta di fronte, le prese il mento con la mano, facendole ruotare il viso prima da una parte e poi dall'altra.

"Che begli occhi scuri, la fanciulla!" commentò.

Dietro di lui, l'anziano ghignò: "Ison, il capitano ha ordinato di non toccarla fino al suo arrivo…"

Il giovane abbassò il lenzuolo che ricopriva Lil, che indossava ancora la tunica rituale. La fanciulla si rese conto solo allora che la macchia di sangue era scomparsa e la lacerazione prodotta dalla lama del coltello di Bashinoir era stata cucita. Qualcuno doveva averla spogliata e poi rivestita. Si augurò che non fosse opera di uno di quei due.

"Sì, ma il capitano non è qui."

Lil avrebbe voluto gridare per chiedere aiuto, ma a quale scopo? L'unica che avrebbe potuto soccorrerla era Miril, ma non aveva la più pallida idea di dove potesse essere in quel momento. Avrebbe dovuto affrontare quel difficile viaggio con Bashinoir e la sacerdotessa, e invece lui era morto e lei sparita.

"Perché non chiudi la porta, Nardos?" propose Ison.

L'anziano tornò sui propri passi, con un'andatura leggermente ciondolante. Lil si accorse della protuberanza cresciuta sui pantaloni del ragazzo, che continuava a tenerle stretto il mento.

"Finalmente si è svegliata, la nostra inferma!" esclamò una donna, irrompendo nella stanza con uno spintone a Nardos. "Mi sembrava di aver richiesto espressamente di essere chiamata non appena avesse aperto gli occhi e invece vi trovo qui, tutti e due con la bava alla bocca, razza di cialtroni!"

La nuova venuta si diresse con passo deciso verso il letto. Era magra, alta, con le guance scavate e i capelli lunghi e lisci. Indossava un abito marrone di fattura mediocre. Si fece strada verso Lil, spingendo di lato anche Ison.

"Bada, donna, che stai oltrepassando il limite," disse questi, posando una mano sull'elsa della spada.

"Ah sì? Vuoi usare la spada su una guaritrice, sottospecie di deficiente mentecatto? Poi glielo spieghi tu al nostro bel capitano? Ora via… fuori di qui… tutti e due!"

Ison la squadrò, torvo in viso, senza muoversi, con la mano ancora sull'impugnatura.

"Fuori!" urlò di nuovo lei. "Ve ne dovete andare. Via, via, *sciò*!" continuò, spingendolo verso l'uscita.

Il giovane sollevò una mano per schiaffeggiarla, ma la guaritrice lo sfidò: "Fallo, e ne risponderai al capitano!"

Ison lanciò un'occhiataccia a Lil, lasciando intendere che presto sarebbe tornato, poi si girò e uscì dalla stanza, seguito da Nardos.

La donna sbatté la porta, si diresse all'armadio e aprì un'anta. Iniziò a prendere alcune boccette e le portò sul letto accanto a Lil.

"Grazie," disse lei.

"Oh… non mi ringraziare. Torneranno. Sono giorni che aspettano che ti risvegli. Il capitano ha dovuto farti ricoverare nella sua stanza, altrimenti ti avrebbero stuprato anche da incosciente."

"Chi sono quei duc?"

La donna afferrò bruscamente Lil per le spalle e la tirò a sé. Lei strinse i denti per il dolore, ma evitò di lamentarsi. La guaritrice sciolse i nodi dei laccetti dietro il collo e le abbassò la veste fin sotto il seno.

Poi aprì una delle boccette e con due dita prese dell'unguento, che iniziò a spargere delicatamente sulla ferita.

"La domanda non è chi sono loro, ma chi sei tu! Dicono che tu e l'altra siete comparse dal nulla sulla collina. Ognuno racconta una storia diversa: c'è chi giura di avervi visto salire da sottoterra, chi sostiene che siete calate dal cielo; alcuni raccontano che c'erano altre decine di persone, armate di coltello e coperte di sangue, che poi sono scomparse, altri che eravate seguite da ogni genere di esseri deformi."

Parlando, la donna scrutava Lil in viso, come se cercasse una conferma su quale versione fosse quella corretta.

"Questa ferita è stata la tua fortuna! Il capitano non ha creduto a una sola parola di quei racconti, ma visto tutto il sangue che perdevi e che eri praticamente morta, non ha voluto mandarti a Palazzo con quell'altra."

Miril? La sacerdotessa non è più qui?

"Con lei ormai avranno sicuramente imbastito uno di quei roghi con cui il re ama arrostire le streghe!"

Oh no... non possono aver fatto una cosa simile! Lil si sforzò di non lasciare trasparire le proprie emozioni di fronte allo sguardo perfido e indagatore della donna.

"Purtroppo, ragazza mia, dovrò dire al capitano che ora sei in grado di viaggiare."

Perché è così compiaciuta? Vuole che finisca anch'io tra le fiamme?

Da dietro la porta chiusa si sentiva il chiacchiericcio delle due guardie, finché non si arrestò all'improvviso quando si udì una terza voce, più alta e profonda.

"Ecco il nostro bel capitano!" La donna sorrise soddisfatta.

"Quanto tempo sono rimasta incosciente?" le chiese Lil.

"Oh… Saranno almeno due settimane, quasi tre."

La giovane strabuzzò gli occhi. *Due settimane! Non c'è più tempo. Se non mi libero, sarà stato tutto inutile.*

"Perché? Avevi degli impegni, mia cara?" Gli occhi maliziosi della guaritrice continuavano a esaminarla mentre le mani esperte si muovevano rapide sulla ferita.

"No, è che..."

La porta si spalancò di nuovo.

"Siete sveglia!"

Il capitano indossava un'armatura leggera in metallo. Era alto, magro, con occhi di un azzurro intenso. I capelli mossi pettinati all'indietro gli lasciavano scoperta l'ampia fronte.

Lil lo trovò decisamente un bell'uomo e notò che anche la guaritrice sembrava mangiarselo con gli occhi, benché lui non la degnasse di uno sguardo.

"Come vi sentite?" chiese a Lil.

"Abbastanza bene, vi ringrazio, anche se la ferita mi fa ancora molto male."

"Comunque è già in grado di viaggiare," sentenziò la donna.

Il capitano la guardò come se si accorgesse per la prima volta di lei.

"Come fate a dirlo? Non vedete quanto è debole, Deliar?"

"Beh, tra qualche giorno lo sarà di certo!" ribadì la guaritrice.

"Viaggerà quando io lo riterrò opportuno. Se avete finito con le vostre medicazioni, lasciateci!"

"Come desiderate."

Deliar assunse un'aria offesa, rimise le boccette di unguento nell'armadio, fece un inchino e uscì dal locale.

L'uomo avvicinò una sedia al letto e si mise a sedere.

"Vi chiedo scusa. Deliar è la miglior guaritrice di questo villaggio, anche se non ha un bel carattere. Ma voi... Perdonatemi se vado dritto al punto, ma i miei superiori a Palazzo mi fanno continue pressioni... Ditemi: chi siete? Da dove venite?"

Dal futuro. Vengo dal futuro, avrebbe voluto rispondere Lil. Cercò le parole adatte, ma non le venne in mente nulla e così rimase in silenzio.

"Avete perso molto sangue," la giustificò lui, "forse siete tuttora un po' confusa. È evidente che non vi sentite ancora bene. Presto però dovrete dirmi qualcosa di più su di voi. La notizia della vostra comparsa si è diffusa troppo rapidamente. Ho dovuto mandare l'altra donna a Palazzo, voi invece non avreste retto al trasferimento e così sono riuscito a tenervi qui con me. Però ho l'ordine di condurvi dinanzi a Sua Maestà quanto prima, quindi..."

"Grazie," gli disse Lil. "Siete stato molto gentile a proteggermi. Perché l'avete fatto?"

"Ecco, io..."

Era da tempo che Lil non vedeva un simile sguardo negli occhi di un uomo. Le vennero in mente gli anni di fidanzamento con Bashinoir e l'assiduo corteggiamento di Anodil. Il capitano aveva trascorso quelle settimane a proteggerla e a vegliare su di lei?

"Sapete dirmi cosa è successo alla donna che era con me?"

"Era vostra amica?" si informò l'uomo.

La giovane annuì.

"Mi dispiace, ma temo che il sovrano non l'abbia risparmiata."

No, Miril non può essere morta. La sacerdotessa era tutto ciò che le rimaneva, l'unica persona che la legasse ancora alla sua vita sull'isola. Era la sua mentore, la sua compagna. Lil ormai era consapevole di amarla e di non poter nemmeno immaginare un'esistenza lontana da lei. Sarebbe un giorno dovuta tornare nel proprio tempo da sola, senza colei della quale era perdutamente innamorata?

Non riuscì a trattenere una lacrima.

"Volete restare un po' da sola?" le chiese il capitano con gentilezza. Lil annuì di nuovo.

Lui si alzò, rimise la sedia al suo posto e uscì dal locale.

Il vociare delle due guardie dietro la porta si arrestò di colpo.

Miril. Non puoi essere morta. Ti prego. Eppure, se fosse stata viva, avrebbe dovuto percepirla.

Si concentrò sui propri poteri telepatici, ma dovette arrendersi subito: si sentiva troppo debole e confusa.

Tentò invano più e più volte, finché, pensando ancora alla sacerdotessa, cadde in un sonno tormentato.

Si svegliò di soprassalto, spaventata da forti urla provenienti dall'esterno.

Con immenso sforzo cercò di tirarsi su a sedere. Provò a reggersi sulle gambe, ma la testa iniziò immediatamente a girarle. Appoggiando i palmi delle mani prima sul materasso e poi sul legno ai piedi del letto, riuscì comunque ad avvicinarsi alla finestra che si trovava lì accanto.

Vide sulla strada in lontananza degli uomini dietro un cumulo improvvisato di carretti e legname. Alcuni brandivano delle falci, altri pali e forconi. A una cinquantina di metri da loro, vicino alla finestra di Lil, si trovava una mezza dozzina di arcieri, seguiti a ruota dal capitano e da diversi soldati armati di spade. Lil riconobbe una delle sue due guardie, la più giovane.

Un rumore alle sue spalle la fece sussultare.

"Ah... di nuovo sveglia, eh?" Nardos sogghignava sulla soglia della stanza.

L'anziano si avvicinò alla finestra. "Questa volta sembrano proprio incazzati. Se il capitano non tira fuori le palle, siamo spacciati."

L'alito gli puzzava di alcool. Mentre parlava, con lo sguardo risalì dai piedi fino al seno di Lil.

È la rivolta dei miei avi, quella per la quale sono stati puniti dal re. Lil sarebbe voluta intervenire, ma sapeva che qualsiasi azione le era preclusa. "Il nostro compito è solo porre rimedio alle modifiche che sono state apportate al ramo del tempo," l'aveva ammonita Miril. "Ma dovremo stare attente a non interferire in alcun modo. Assisteremo all'eccidio dei nostri avi, ma non potremo assolutamente alterare il corso degli eventi." Udendo le raccomandazioni della sacerdotessa, Lil ne aveva compreso il senso, ma adesso, vivere quella situazione in prima persona era tutt'altra cosa.

La folla dietro le barricate sembrava aumentare. Il capitano urlava qualcosa all'indirizzo dei rivoltosi. Sembrava che stesse dando un ultimatum, anche se Lil non era in grado di distinguerne le parole a causa del baccano.

Alcuni ribelli superarono le protezioni e si gettarono verso gli arcieri. Il capitano urlò un comando secco e le frecce scoccarono dagli archi tesi. Quattro uomini caddero, ma la folla inferocita avanzò ugualmente, spingendo di lato le cianfrusaglie dietro le quali aveva trovato riparo. Gli arcieri scoccarono un'altra raffica di frecce. Crollarono al suolo altri cinque uomini, subito calpestati dai propri compagni, che proseguirono imperterriti.

Il capitano e i soldati sguainarono le spade. Attesero che gli arcieri lanciassero altre due raffiche di frecce e infine, urlando parole di incoraggiamento, caricarono.

Sono troppo pochi, si rese subito conto Lil. *Non ce la faranno mai.* Era una sensazione strana, ma non riusciva a non provare pena per entrambe le parti.

Dopo essere impattati sulla folla inferocita, i soldati si disposero in cerchio. Per quanto mietessero vittime a un ritmo impressionante, dietro a ogni nemico che uccidevano se ne presentava immediatamente un altro. Due soldati caddero, uno con il collo trapassato da un forcone, l'altro con la pancia sventrata da una falce.

Mentre Lil guardava la scena con gli occhi sbarrati, sentì una mano sul sedere. Le salì il sangue al cervello e girandosi verso Nardos, lo schiaffeggiò con forza. Questi la spinse in malo modo sul letto. Cadendo, Lil gli assestò un calcio che gli fece perdere l'equilibrio mandandolo gambe all'aria.

La giovane avvertì un intenso dolore alla ferita sopra il seno. "Non mi toccare," intimò alla guardia, che già si stava rialzando.

"Altrimenti?" la sbeffeggiò lui, asciugandosi un rivolo di saliva che gli colava dalla bocca.

"Il capitano..." accennò lei.

L'uomo scoppiò a ridere, facendosi sempre più vicino. "Il capitano è ormai spacciato, come lo siamo tu e io. Non vuoi divertirti un po', prima che vengano a prenderci?"

Lil si guardò intorno ma non c'era nulla che potesse usare come arma.

Si alzò e tornò verso la finestra, gridando per chiedere aiuto. Fuori, la situazione era ulteriormente peggiorata. Arcieri e soldati erano ormai sommersi dalla folla. Solo pochi, incluso il capitano, continuavano valorosamente a combattere.

La giovane urlò con tutto il fiato rimasto in gola. "Aiutatemi, vi prego!"

Sentì la mano di Nardos salirle tra le cosce. Percepì la puzza del suo fiato mentre con la lingua le leccava il collo. Cercò di scansarsi di lato, colpendolo con il gomito alzato.

"Aiutatemi, vi scongiuro!" gridò di nuovo. Si voltò verso il suo aguzzino, che ora si tastava con una mano il naso sanguinante.

"Brutta puttana," la insultò Nardos, avanzando con passo incerto.

Lil si girò verso la strada e ripeté per la terza volta la sua disperata richiesta di aiuto.

Le parve di notare in lontananza il corpo di Ison, a terra, calpestato dai piedi della folla inferocita. Il capitano era l'unico che ancora resisteva, anche se il sangue gli sgorgava dalle numerose ferite al corpo e al viso. Lil vide una falce colpirlo in piena faccia, tagliandogli di netto la guancia. Poi una pala lo colpì da dietro, sulla nuca. Lui si girò per difendersi, ma proprio in quel momento un forcone gli trapassò la schiena all'altezza del cuore. Il capitano cadde a terra e Lil lo osservò scomparire tra la selva di teste.

La giovane gridò ancora, più forte che poté, fino a richiamare l'attenzione di alcuni uomini che stavano avanzando verso la casa.

Nardos, prendendola per la vita, la allontanò dalla finestra e la scaraventò sul letto. Aveva gli occhi iniettati di sangue. Sfilò la spada dalla fodera. "Se non vuoi farti scopare da viva, ti prenderò da morta!"

Alzò l'arma su di lei, abbassandola di scatto verso il materasso. Lil si scansò di lato, riuscendo a sfuggire al colpo. La lama si infilò nel legno della struttura come fosse burro. Mentre Nardos cercava di liberarla, la giovane, con il corpo in fiamme per il dolore, si lanciò verso la porta. L'uomo però fu più veloce e la colpì con il pugno sul collo. Lil cadde in avanti, sbattendo con il capo sullo stipite. La guardia si avventò su di lei.

Improvvisamente la ragazza udì una porta spalancarsi e un vociare confuso provenire dall'altra stanza. Batté con il pugno sul legno e urlò: "Sono qui! Aiutatemi!"

Nel locale entrò la guaritrice seguita da due uomini, entrambi armati di un forcone.

"Eccola qui. Ve l'avevo detto che l'avreste trovata ancora in questa casa. E c'è anche quell'infame di Nardos."

I due individui passarono oltre Lil, ancora a terra. Colpirono ripetutamente la guardia all'altezza del ventre, del viso e del cuore. Nardos crollò a terra.

I miei avi sono venuti a salvarmi. Lil si chiese ancora una volta se avrebbe dovuto avvertirli in qualche modo del destino crudele che li attendeva. Come poteva permettere che la loro rivolta finisse in un bagno di sangue, sterminati dall'esercito reale? Non sarebbe stato meglio incoraggiarli a fuggire il più lontano possibile, magari imbarcandosi sulle navi e prendendo la via del mare prima di essere attaccati? *Non mi crederebbero in ogni caso. Io non sono nessuno per loro.*

Tentò di alzarsi, ma dovette desistere a causa del forte dolore al petto. Cercò con lo sguardo il viso di Deliar, in piedi al suo fianco. La donna le rivolse un'occhiata sdegnata e si rivolse agli altri due: "Questa è la puttana del capitano. Fateci un po' quel che volete, ma fatela soffrire!"

Lil sgranò gli occhi. "Ma… sei tu che mi hai guarito!"

"Ho dovuto, me l'aveva ordinato. Ma adesso, visto che lui ormai è un cadavere insanguinato, avrai finalmente quello che ti meriti, sgualdrina," replicò la donna, sputandole in faccia.

A Lil vennero le lacrime agli occhi. La guaritrice si girò e uscì.

La giovane si voltò verso i due uomini. *Sono i miei avi. Io discendo da loro. Non possono farmi del male.* Ma già mentre formulava quei pensieri, si rese conto di quanto fossero ingenui.

I loro volti tradivano chiaramente le loro intenzioni. Uno dei due aveva il viso squadrato, la mascella volitiva, il corpo basso, robusto e tarchiato. L'altro era più alto e mingherlino, con una ferita su una guancia, una cicatrice sull'altra e un ciuffo di capelli corvini che gli copriva metà della fronte. Gli mancava un orecchio.

Lil comprese di essere spacciata. Non avrebbe potuto opporre resistenza. Loro erano in due, forti e in salute, mentre lei era troppo esausta e dolorante.

La afferrarono per le braccia e la gettarono sul bordo del letto, dopodiché con un piede la costrinsero ad allargare le gambe. Avvertì una mano premerle sulla nuca per tenerla ferma contro il materasso. Si sentì risucchiare fuori dal proprio corpo.

Capitolo 2 – Lil

REGNO DI ISK
2.000 ANNI PRIMA

Lil affondò in un vortice di dolore. Vide un padre che rincasava scontroso e adirato. Sapeva che era infuriato per il duro lavoro nei campi, insufficiente a dar da mangiare alla famiglia e a pagare gli esosi tributi reali. Appena entrato, l'uomo, torvo in viso, si diresse verso la stufa sulla quale la moglie stava preparando la cena. Intinse il mestolo nella pentola ma, non appena l'ebbe portato alla bocca, lo gettò a terra con aria disgustata. Si avventò sulla donna, picchiandola con il pretesto che il cibo che stava cuocendo non era altro che brodaglia. Quando suo padre salì la scala a pioli che conduceva al mezzanino, il giovane Zalnos si rifugiò in un angolo, con le mani a protezione del capo: le cinghiate dell'uomo riuscirono comunque a fargli sanguinare due dita e un orecchio.

Lil, sconvolta da quella visione, percepì il dolore del ragazzino in profondità e quasi lo perdonò per quello che stava per farle.

Quando il bacino di Zalnos sbatté contro le sue natiche, involontariamente strinse le cosce e i denti, sperando di non sentire troppo dolore durante la penetrazione. Sul proprio sesso avvertì però solo la flebile spinta di un pene moscio.

"Ma che cazzo stai facendo? Sei diventato un finocchio di merda?" commentò il secondo stupratore, che le teneva ferma la testa.

"I-io," balbettò Zalnos, "non lo so... c'è qualcosa che non va. Aspetta."

Lil si accorse che l'uomo cercava di aiutarsi con la mano, ma il membro era troppo ammosciato per riuscire a penetrarla.

Si sentì sollevata, ma anche profondamente in colpa. *Non volevo farlo. Dovrei essere in grado di controllare i miei poteri e invece...* Sapeva di non dover usare la telepatia per entrare nella mente delle persone. Solo perché grazie alla sua iniziazione aveva acquisito quelle capacità, non significava che potesse abusarne. *Non ho il diritto di violare i loro pensieri.* Le lezioni della sacerdotessa erano state molto chiare al riguardo. Introdursi nei pensieri più intimi della gente era peggio che rubare. Equivaleva a un abuso inaccettabile del proprio dono. Ma in quale altro modo si sarebbe potuta difendere? Poteva avvertire chiaramente lo sconvolgimento del giovane, costretto a rivivere i momenti più penosi della propria esistenza.

La pressione sulla testa si allentò.

Il secondo uomo spinse malamente Zalnos da parte. Con la coda dell'occhio Lil vide un profondo turbamento sul viso di quest'ultimo, mortificato e quasi in lacrime.

L'uomo alto e magro si sistemò il ciuffo sulla fronte, si abbassò i calzoni e con entrambe le mani la prese rabbiosamente per la vita.

Non voglio... non voglio farlo. Ma la mente di Lil fu risucchiata una seconda volta.

Delan aveva poco più di quindici anni. Giocava con sua sorella Allais nel cortile dietro casa. D'un tratto, udì il fragore di un gran numero di cavalli che si avvicinavano al galoppo. Si guardò intorno freneticamente, alla ricerca di un luogo dove nascondersi, finché non individuò la botola che portava in cantina. Prese sua sorella per mano, corse, aprì le ante e la spinse giù per le scale, seguendola e chiudendosi la botola alle spalle proprio mentre i cavalli entravano nel cortile. I due, terrorizzati, si rintanarono tra le damigiane impolverate, ma dopo pochi minuti la luce del sole illuminò a giorno la cantina. Tre soldati scesero le scale e li scoprirono subito.

"Ecco la biondina," commentò uno di loro, avvicinandosi e afferrando in malo modo la bambina per il polso. Lei si ribellò, ma il soldato reagì colpendola così duramente al volto da farla sanguinare.

"Ehi," lo ammonì il compagno, "ha detto *con le buone!*"

Delan si avventò sul soldato che aveva preso la sorella, ma gli altri due lo bloccarono e lo trascinarono su verso la botola.

Il ragazzo vide Allais venire caricata sulla groppa di un cavallo come un sacco di patate.

"E di lui che ne facciamo?" chiese il soldato alla sua destra.

Un cavaliere alzò le spalle. Lo lasciarono andare.

Gli occhi azzurri della sorella imploravano aiuto. Il cavaliere colpì il cavallo con gli speroni e l'animale partì al galoppo, seguito da quelli degli altri soldati. Delan fissò quegli occhi innocenti finché non sparirono oltre il muro della casa. Fu l'ultima volta che li vide. Non seppe mai cosa fosse accaduto ad Allais.

La scena era così insopportabile da straziarle il cuore. Tornando in sé, Lil si sentì ancora più distrutta. "Io non volevo," balbettò.

Dietro di lei, Delan era caduto in ginocchio.

Lil si abbassò la tunica con le mani e si alzò in piedi con cautela. I due uomini tenevano entrambi lo sguardo a terra.

Zalnos stringeva i denti. Le gettò un'occhiata carica di odio. "È colpa tua!" urlò rabbioso, sfoderando la spada e brandendola verso di lei.

Delan parlò come se stesse uscendo da un sogno: "Anche tu?" chiese conferma all'amico.

Questi abbassò la spada: "Sì," ammise.

A quel punto anche lui confessò: "Ho rivisto mia sorella Allais... quando l'hanno portata via... è stato come essere lì."

Zalnos girò la testa di lato, Lil si rese conto che stava piangendo. "Mio padre... che picchiava mia madre... e poi mi prendeva a cinghiate."

Delan si girò verso la ragazza: "Perdonateci, vi prego." Le si gettò ai piedi, abbracciandole i polpacci. "Perdonateci, perdonateci," continuò a ripetere.

Lil non sapeva cosa dire. Poco dopo anche Zalnos le si avvicinò. Le si inchinò di fronte e le prese la mano, bagnandola con le sue lacrime.

"Alzatevi, vi prego," li esortò Lil.

I due si rimisero in piedi, i volti trasfigurati dalla vergogna e dal disprezzo per se stessi.

"Grazie. Io... non so cosa abbiate fatto, ma vi ringrazio," balbettò Delan, sistemandosi il ciuffo.

Non ne avevo il diritto. Benché non volesse darlo a vedere, Lil era ancora molto spaventata. *Sono entrata nelle loro menti senza neppure volerlo. Non sono riuscita a controllarmi. Ho usato malamente i miei poteri.* Come l'avrebbe spiegato a Miril? Come si sarebbe giustificata? La sacerdotessa tuttavia non era lì in quel momento per rassicurarla o rimproverarla. Si sentì sola, persa in una terra e in un tempo dove non era rimasto nulla della sua passata esistenza. Desiderò ardentemente di ritrovarsi nella sua amata isola, con Miril, i suoi amici, la sua famiglia, suo marito. *Ma quella vita non c'è più. E se dovessi fallire, non sarà mai esistita.* Doveva portare a termine la missione per la quale lei e la sacerdotessa si erano imbarcate in quel rischioso viaggio nel tempo e nello spazio. *Ma come?* La prima lezione che le aveva impartito Miril riguardava l'importanza di non apportare nessuna nuova modifica al passato. Avrebbero dovuto evitare eventuali contatti e qualsiasi intervento che potesse indurre quegli uomini del passato a cambiare le proprie azioni. Chiunque avessero incontrato, sarebbero dovute passare inosservate. *Invece sono stata portata in questa casa dalle guardie. La guaritrice Deliar si è presa cura di me. Se non mi fossi trovata qui, ora non ci sarebbero neppure questi due uomini, che magari proprio in questo momento avrebbero potuto svolgere un ruolo di primo piano nella rivolta.* L'enormità delle implicazioni della sua posizione la atterrì. *È inutile dolermi per quello che è accaduto finora. Posso solo cercare di porvi rimedio.*

Si rivolse a entrambi: "Vi prego, potreste procurarmi dei vestiti *comuni*?"

Per il viaggio nel tempo lei e Miril avevano dovuto indossare le vesti rituali. Non avevano potuto portare con sé né viveri, né soldi, né altro. Sapevano che avrebbero dovuto rimediare dei nuovi abiti una volta sbarcate nel nuovo tempo.

"Certo," rispose prontamente Delan. "So io dove trovare quelli da donna." L'uomo si avviò verso la porta, mentre Zalnos non accennò a muoversi.

Lil attese che fosse uscito dal locale, quindi si rivolse al giovane. "Zalnos, buon uomo, purtroppo le guardie mi tenevano per giorni senza mangiare. Sto morendo di fame… e di sete," mentì. "Sareste così gentile da portarmi del cibo?"

"Sì, mia signora. Guardo cosa posso recuperare di là."

"Oh," replicò Lil. "Ho sentito le guardie dire che le scorte erano finite e che erano in attesa di un nuovo carico." Era una menzogna, ma Zalnos non sospettò nulla.

"Non vi preoccupate, entro pochi minuti sarò di ritorno con qualcosa da mettere sotto i denti."

Uscì dal locale, attraversò la camera comune e andò in strada. Non appena Lil sentì la porta della casa chiudersi, sgattaiolò fuori dalla stanza da letto del capitano.

La camera comune era occupata da un grande tavolo usato per consumare i pasti. Sui muri c'erano scaffali con vari tipi di oggetti di uso militare. Lil si trovò di fronte altre due porte: imboccando la prima, le apparve una fila di letti. Perlustrò velocemente gli armadi, non trovando altro che paramenti militari. *Non posso uscire di qui con la mia veste, ma neppure vestita come una guardia.* Guardandosi intorno notò dei cenci sotto un letto. Si avvicinò e scoprì che erano in realtà dei vestiti da uomo. Non perse tempo. Era la soluzione migliore.

Si tolse la veste e indossò quelli, rimboccando le maniche e l'orlo dei pantaloni. Tornata nella camera comune, andò alla finestra a controllare. C'erano molte persone in strada. *Troppe!* Non c'era traccia di Delan e Zalnos, però, così Lil aprì la porta e uscì.

Fuori, uomini e donne si muovevano come le formiche quando sono all'erta. Correvano in maniera confusa, brandendo armi improvvisate. In lontananza, Lil scorse alcuni intenti ad appendere i cadaveri delle guardie con un cappio al collo.

Decise che la cosa migliore sarebbe stata attenersi al piano originario, trovare rifugio nei boschi e rimanere in attesa che la storia completasse il suo corso, fino al giorno e all'ora in cui qualcuno sarebbe venuto dal futuro per apportare le modifiche.

Si diresse verso est. Svoltò un angolo e si immise in una via meno frequentata. Talvolta gli individui che incrociava le lanciavano occhiate alquanto diffidenti, ma alla fine proseguivano per la loro strada.

Non devo usare i miei poteri, si ripeteva Lil. *Devo essere astuta, senza ricorrere di nuovo alla telepatia.*

Percorsa la viuzza, si inserì in una strada più larga, che abbandonò subito per un altro vicolo dove le parve esserci ancora meno gente.

Da una porta alla sua destra vide uscire un tipo dall'aria furtiva con un sacco sotto il braccio. Le rivolse un'occhiata minacciosa, Lil raccolse tutto il suo coraggio e lo superò spedita. Quando infine lo sentì allontanarsi in direzione opposta, tirò un lungo sospiro di sollievo.

Svoltò in un vicolo dove le case erano in legna e pietra. Anche la pavimentazione irregolare era di pietra.

Mentre guardava dietro di sé, il forte abbaiare di un cane la spaventò a tal punto che inciampò su un ciottolo e cadde a terra. L'animale corse minaccioso verso di lei con le fauci spalancate. Quando le fu a pochi centimetri fu però costretto a fermarsi, strozzato dalla catena.

Lil era sbiancata. *Non ce la farò mai. Un semplice cane è in grado di mettermi fuori gioco. Come potrò combattere un nemico che ancora non conosco?* Con l'animale che continuava ad abbaiare poco più in là, le venne da piangere. *Miril, aiutami, ti prego.* L'influsso rassicurante dei pensieri della sacerdotessa tuttavia non si fece sentire. *Avremmo dovuto essere qui in tre. Bashinoir, avresti dovuto proteggerci. Invece non ci sei neppure tu!*

Si rialzò. Nella caduta si era sbucciata il ginocchio. La ferita sul seno le doleva più che mai. Si allontanò dal cane e imboccò un altro vicolo. Una decina di metri più in là, due uomini confabulavano ad alta voce. Lil scelse la direzione opposta.

"Ehi," si sentì chiamare. Non si voltò e affrettò il passo, ma si accorse di essere seguita. Accelerò ancora. Girò in un altro vicolo, poi in un altro ancora, e infine in un terzo. Non aveva idea di dove stesse andando e si sentiva sempre più preda della disperazione. A ogni svolta guardava dietro di sé. Gli uomini continuavano a pedinarla. Le erano quasi alle calcagna. Quando si dava ormai per spacciata, sbucò nella strada principale. Di fronte a sé vide il cadavere del capitano appeso a un cappio. Capì immediatamente che aveva solo girato a vuoto. La folla era intenta a infierire sui cadaveri. Alla sua destra scorse la caserma dove era stata fino a poco prima. Delan, fermo davanti alla porta di ingresso, si guardava intorno.

Lil si sentì prendere per un braccio. Il cuore le balzò in gola. I due inseguitori l'avevano raggiunta. Quando si voltò per fronteggiarli, vide che si trattava di Zalnos.

"Mia signora, vi stavo cercando. Dove siete andata?"

"Mi stavano inseguendo, quei due!" si giustificò Lil.

Zalnos si voltò nella direzione indicata e notò i due figuri, che si erano fermati a osservarli. I tre uomini si sfidarono con lo sguardo. Delan nel frattempo raggiunse Lil e Zalnos.

"C'è qualche problema?" chiese con aria minacciosa all'indirizzo dei due inseguitori. Questi ritennero non fosse il caso di insistere e si dileguarono.

"Mia signora," continuò, "dove siete stata? Vi stavamo cercando."

"Quei due sono entrati dopo di noi in caserma ma per fortuna lei è riuscita a fuggire," rispose Zalnos al suo posto.

Delan apparve preoccupato. "Non vi lasceremo più sola, mia signora. D'ora in poi vi seguiremo e vi proteggeremo ovunque vogliate andare. Siamo al vostro servizio."

Lil sospirò, rassegnata. "Andiamocene da questo paese," ordinò.

Capitolo 3 – Lil

REGNO DI ISK
2.000 ANNI PRIMA

Avrebbe voluto combattere la battaglia più difficile della sua vita con Miril e Bashinoir al suo fianco. La guida della sacerdotessa e la forza del suo ex marito avrebbero dovuto sostenerla. E invece adesso era sola. Lui era morto e di Miril non aveva più notizie.

Delan e Zalnos l'avevano condotta verso le montagne, dove avevano trovato rifugio in una caverna. Lil osservava il fuoco che i due uomini avevano acceso. Non riusciva a non guardarlo senza pensare a Miril. Dov'era finita? Era ancora viva? E se non fosse tornata, lei sarebbe stata in grado di portare a compimento da sola la missione per la quale avevano intrapreso quel viaggio indietro nel tempo?

"Devo andare al Palazzo Reale," annunciò, risoluta.

Delan si sistemò il ciuffo di capelli, quindi, a disagio, commentò: "Mia Signora, non credo sia saggio. Ci sono guardie dappertutto. Dopo quello che è successo, vorranno le teste di tutti gli abitanti del nostro villaggio e anche la vostra."

"Devo trovare la donna che era con me," ribadì lei.

Delan scambiò un'occhiata con Zalnos. "Mi dispiace, ma se è stata portata al Palazzo Reale, significa che… ecco…"

Lil sbatté forte la mano per terra. "Devo trovarla!" insistette, esasperata.

Ma in cuor suo sapeva che avevano ragione. Scosse la testa amareggiata. Si portò le ginocchia al petto e abbassò il viso, cingendosi le gambe con le braccia. Il Palazzo Reale era troppo distante e una volta lì sarebbe stato molto difficile individuare Miril. E, in ogni caso, il suo posto era qui, dove sarebbe avvenuta la biforcazione temporale. La stessa Miril non avrebbe mai voluto che lei si allontanasse.

Eppure, prima ancora di dover combattere contro l'artefice del nuovo ramo temporale, avrebbe dovuto assistere allo sterminio della sua gente senza poter intervenire. Questo no… non era in grado di affrontarlo da sola, ma avrebbe dovuto farlo ugualmente.

Zalnos le offrì un ramo su cui era stato arrostito uno scoiattolo. Lil all'inizio lo osservò con sguardo assente, poi i morsi della fame la convinsero ad accettarlo. Mangiò di gusto, tenendo il ramo con entrambe le mani e continuando a guardare i due uomini. Non riusciva a credere che avessero cercato di stuprarla, e ancora la turbava il modo in cui si era introdotta nelle loro menti.

Una parte di lei si sentiva soddisfatta per quello che aveva fatto. Era stata capace di servirsi di un potere che fino a qualche mese prima non avrebbe mai immaginato di poter dominare, e si era salvata solo grazie ad esso. Tuttavia, temeva in cuor suo di averne abusato. E Miril cosa avrebbe pensato? *Miril…*

Dopo aver mangiato, Delan prese la parola: "Mia Signora, dovremmo rimanere nascosti finché non vedremo cosa accadrà."

Lil sapeva cosa sarebbe accaduto. L'orrore che avrebbe avuto luogo di lì a poco non sarebbe mai più stato dimenticato dalla sua gente. Ma ora che Miril e Bashinoir non c'erano più e lei era l'unica superstite, aveva senso lasciare che quegli eventi si realizzassero? Non sarebbe stato meglio cercare di salvare quelle persone? Era pur vero che, in quel caso, lei stessa avrebbe creato un nuovo ramo temporale, ma almeno non ci sarebbe stato nessun eccidio e i suoi avi sarebbero stati salvi. Nessuno dei loro discendenti sarebbe mai nato – lei compresa – ma avrebbe risparmiato a quella gente pene indicibili.

L'idea le parve tanto incredibile quanto interessante. In presenza di Miril non avrebbe mai nemmeno osato formulare un simile pensiero. Adesso però era rimasta sola.

Si concesse di indugiare in quella fantasticheria. Come avrebbe potuto realizzarla? La rivolta era già avvenuta e probabilmente l'esercito reale avrebbe presto marciato sul villaggio. Avrebbe potuto avvisare i suoi avi di quanto stava per avvenire e consigliare loro di fuggire? No, non le avrebbero creduto. E se, invece, avesse provato a manipolare le menti dei loro leader come aveva fatto con Zalnos e Delan? No, non voleva più abusare del proprio potere, neppure a fin di bene.

Si rimproverò. Non aveva alcun diritto di violare l'intimità degli esseri umani, né tantomeno di cambiare il corso della storia. Miril le aveva concesso la possibilità di attingere a energie immense perché in lei aveva ravvisato la giusta maturità, non certo perché ne abusasse a suo piacimento. *È difficile resistere alla seduzione di un grande potere,* rifletté.

Come le mancava! Miril era tutto il suo mondo. Era colei che l'aveva accolta nel Tempio dopo lo sterminio e che l'aveva accompagnata nel percorso di iniziazione. Era la donna che amava. Provava ancora un certo imbarazzo nel pensare a lei come alla propria compagna, ma in fondo sentiva che era la cosa più dolce e naturale che le fosse mai successa. Quanto avrebbe voluto in quel momento essere abbracciata a lei, lì di fronte al fuoco!

Scoppiò a piangere. Non avrebbe voluto farlo davanti a quei due individui, ma non riuscì a trattenersi. Si coprì il viso con le mani. Più cercava di controllarsi, più i singhiozzi erano forti e il respiro accelerato.

"Perdonatemi," balbettò, notando lo stupore dei due uomini. "Non avrei voluto."

"Mia Signora," la rincuorò Delan, "vedrete che tutto si sistemerà. Vi aiuteremo noi."

No, non si sistemerà nulla. E se accadrà, significherà che la gran parte dei miei avi sarà morta.

"Scusatemi, sono molto stanca."

Lil si accucciò vicino al fuoco e, pur continuando a piangere in silenzio, si addormentò.

Si sentì scivolare in un pozzo nero. Con le dita cercò di aggrapparsi alle pareti, senza riuscirci. Nello sforzo, le unghie si spezzarono e le mani le si ricoprirono di sangue. Se le portò con orrore agli occhi e proprio in quel momento vide cadere sopra di sé il capitano Bascos, con un braccio proteso verso di lei. Credette che fosse lì per aiutarla, ma quando fu a pochi metri da lui, si accorse che i lineamenti erano quelli di Bashinoir, il quale, mentre continuavano a precipitare, le strinse la gola tra le mani.

"No, ti prego, lasciami stare, lasciami vivere!"

"Mi hai abbandonato, mi hai tradito," la accusò lui, con occhi spietati, senza allentare la presa.

Sentendosi soffocare, Lil scivolò fuori dal proprio corpo e si ritrovò nella memoria di Bashinoir. Vide se stessa distesa sotto il marito mentre facevano l'amore. In quel momento però aveva bisogno di qualcos'altro. Le serviva un ricordo doloroso con il quale domarlo.

Ma non voglio farlo, pensò. Eppure scandagliò l'animo del marito, risalendo fino al giorno del matrimonio.

Bashinoir era il testimone dello sposo e la guardava infastidito mentre lei scherzava con Anodil. Il sacerdote stava officiando il rito quando una scheggia di pietra lo colpì in piena fronte. Nel momento in cui Bashinoir si voltò verso di lui, vide che in realtà era la sacerdotessa Miril, con la pietra incastonata nel cranio, il viso ridotto a una maschera di sangue, gli occhi bianchi che lo fissavano.

"No!" gridò Lil svegliandosi di soprassalto, madida di sudore.

Il fuoco crepitava di fronte a lei. Zalnos era sveglio e la guardava preoccupato, mentre con una mano ravvivava le fiamme.

"È stato solo… è stato solo un brutto sogno," spiegò, asciugandosi il viso.

È morta? È morta? Ti prego, ti prego, Nibielaz, fa' che non sia morta. Fa' morire me, ma salva lei. Fa' che sia lei a compiere il nostro destino. Salvala e prendi me al suo posto.

Lil pregò a lungo, davanti al fuoco, finché i primi bagliori dell'alba si insinuarono nella caverna. A quel punto uscì per fare il saluto al Sole. Osservò in lontananza il villaggio e ancora più distante una macchia scura in mezzo al verde dei prati. Guardò meglio e trasalì.

Sono già qui?

Delan uscì a sua volta dalla caverna, seguì lo sguardo della giovane e non appena li vide, impallidì.

Era l'esercito reale. L'uomo non avrebbe mai immaginato che sarebbe stata impiegata una tale moltitudine di soldati. Il suo villaggio non avrebbe avuto scampo.

No, non avranno scampo, ripeté tra sé Lil, che senza volerlo aveva percepito i suoi pensieri.

"Devo scendere fino al villaggio," annunciò Lil.

Delan le rivolse uno sguardo sbigottito. Zalnos, che nel frattempo li aveva raggiunti fuori dalla caverna, parve addirittura terrorizzato.

"Devo tornare al villaggio," ribadì la giovane.

"Ma, mia Signora, la vendetta dell'esercito reale non risparmierà nessuno che incroci la sua strada."

Lo so, ma anche voi dovrete trovarvi lì. Per morire o salvarvi insieme agli altri.

Ci aveva pensato a lungo, prima dell'alba, mentre pregava di fronte al fuoco. Era colpa sua se quei due uomini ora si trovavano in un posto diverso da dove avrebbero dovuto essere, ossia non lontano dal loro villaggio. Si erano allontanati a causa sua e adesso Lil avrebbe dovuto ricondurli lì, anche se ciò avrebbe significato guidarli nel luogo dove, con molta probabilità, avrebbero incontrato la morte. In quanto a lei, sapeva di essere sempre più vicina al punto temporale in cui sarebbe nato il nuovo ramo, ma non aveva la certezza di quando ciò sarebbe avvenuto con precisione. Sapeva, tuttavia, che era proprio nel villaggio che le coordinate spaziali del nuovo ramo avevano avuto origine, quindi doveva farsi trovare lì per poter intervenire tempestivamente.

Con un certo rimorso pensò che in ogni caso Delan e Zalnos l'avrebbero seguita comunque e dovunque, perciò non era il caso di indugiare.

"Partiamo subito!" ordinò, senza avere il coraggio di guardarli negli occhi.

Scendendo, le parve di far parte di un corteo funebre, guidato da Delan, che si sistemava continuamente il ciuffo con la mano. Alle sue spalle, Zalnos, che teneva gli occhi bassi sul sentiero. Infine Lil, che non avrebbe desiderato altro che guidare la compagnia il più lontano possibile dal luogo verso il quale erano diretti.

"Quando saremo al villaggio, dovremo cercare un posto dove nasconderci," comunicò la giovane.

Delan si girò, incrociando lo sguardo di Zalnos, che assentì in silenzio. "C'è una botola a casa di Zalnos. Da lì si accede a un vano sotterraneo. Potremo trovare riparo lì sotto."

Lil annuì. Quel luogo avrebbe dovuto essere sicuro per lei, ma non per loro due. Continuava ad arrovellarsi sugli enigmi dei paradossi temporali senza tuttavia trovare risposta. Poteva solo cercare di fare del suo meglio, sperando di non fallire la sua missione.

Per fortuna la strada che li conduceva al villaggio proveniva da est. L'esercito era invece accampato a ovest del centro abitato. In prossimità del borgo, iniziarono a incrociare anziani, donne con bambini e famigliole che procedevano in direzione opposta. Alcuni conoscevano Zalnos e Delan, ma pochi rivolgevano loro la parola, probabilmente a causa della presenza di Lil. Al suo indirizzo lanciavano occhiate di aperta ostilità.

A meno di un miglio dal villaggio, il numero di fuggitivi crebbe notevolmente. Lil si chiese se il paese si stesse spopolando, ma quando vi arrivarono, notò ancora grande fermento.

In molti si preoccupavano di barricare le proprie case, servendosi di assi, ferri e ulteriori protezioni improvvisate, mentre altri si armavano con quello che riuscivano a recuperare. Gli uomini più forti correvano tutti nella stessa direzione.

Dopo aver superato una mezza dozzina di abitazioni, Delan preferì abbandonare la via maestra per inoltrarsi in vicoli più stretti e meno frequentati.

Una donna intenta a sprangare le imposte della propria casa indirizzò a Lil uno sguardo così carico d'odio da farla bloccare sul posto.

Delan la rassicurò: "Non preoccupatevi, mia Signora, sanno che siete una forestiera, ma oggi hanno ben altro cui pensare."

E invece io sono una loro discendente, pensò amaramente Lil, che non si era mai trovata di fronte a tanta ostilità.

Raggiunsero una casa con una porta in legno molto bassa, alla quale si accedeva scendendo tre scalini.

Zalnos estrasse una chiave dai pantaloni, la inserì nella serratura e si voltò verso Lil: "Non è molto accogliente."

Lei gli sorrise: "Andrà benissimo."

Entrarono in un locale molto piccolo, in penombra. Vi era un tavolo al centro, una stufa in un angolo e un letto malridotto in quello opposto. Zalnos era visibilmente a disagio. Delan domandò: "Volete vedere la botola, mia Signora?"

Lil annuì. Zalnos spostò il tavolo, fece pressione su due assi di legno e l'aprì. Una scala a pioli scendeva in una cantina stretta e lunga.

"È perfetta."

Mentre guardavano in basso, Lil sentì risuonare uno squillo di trombe. *È ora.*

Da fuori provenne un rumore di urla e di passi veloci.

Delan e Lil scesero nella botola, seguiti da Zalnos, che la richiuse subito dietro di sé.

Lì sotto, non potevano far altro che rimanere seduti, al buio e al freddo.

Era l'ideale per Lil, che poteva rimanere celata ai loro occhi.

"Avrei bisogno di riposare e vorrei non essere disturbata" disse in tono perentorio, immaginando lo stupore dipinto sul volto dei due uomini.

"Certo, mia Signora," replicò Delan. "Come volete."

A quel punto Lil uscì dal proprio corpo. Si librò in alto, esitando prima della botola. Attraversare la materia le faceva un certo effetto, tuttavia poco dopo si ritrovò al piano superiore. Oltrepassò la porta e si ritrovò in strada.

Volò più in alto. La sensazione era magnifica. Si sentì carica e in estasi e percepì sempre meglio le sconfinate possibilità dei propri poteri.

Ma fu subito assalita dai sensi di colpa. Come poteva concedersi di provare simili emozioni in un momento del genere?

Salendo ancora, oltre il livello dei tetti, Lil vide che la maggior parte degli uomini aveva già raggiunto le barricate erette nelle vie di accesso al villaggio. Le strade ormai erano pressoché deserte. Si erano quasi tutti asserragliati dietro le difese verso ovest, innalzate per fronteggiare l'esercito.

Si accorse anche che numerosi uomini si erano nascosti nelle soffitte, con archi, frecce, pietre, balestre, cerbottane e altre armi di cui lei non conosceva l'uso.

L'esercito era schierato a un centinaio di piedi dal villaggio. A un secondo squillo di tromba, i soldati aprirono le maglie della prima linea, facendo passare avanti gli arcieri, le cui frecce con la punta infuocata furono rivolte verso l'alto.

Lil sapeva cosa sarebbe successo. Era il momento che avrebbe determinato il futuro del suo popolo. E doveva avvenire proprio quello perché la storia della sua gente sull'isola avesse inizio. Se sapeva tutto ciò, perché continuava a sperare con tutte le sue forze che accadesse l'impossibile?

Un capitano urlò un comando e il cielo verso ovest fu costellato di tante piccole luci. Lil osservò quasi affascinata lo spettacolo delle frecce e della loro parabola discendente.

Le parve che il tempo rallentasse. Vide le frecce infuocate cadere sulle barricate, sui tetti delle case, sugli uomini. Vide un fanciullo, poco più che adolescente, alzare verso il cielo due assi unite a mo' di scudo improvvisato. Due frecce si conficcarono nel legno. Mentre cercava di toglierle per evitare che bruciasse, una terza gli trapassò il collo. Fu il primo a morire, ma non l'ultimo. Fumo e fiamme cominciarono a levarsi dalle barricate, dai tetti, dai cadaveri.

Era come trovarsi in un incubo. Lil avrebbe voluto aiutarli, dar loro una mano per portare l'acqua e spegnere gli incendi, oppure soccorrere i feriti, ma la pioggia di fuoco procedeva senza sosta e lei non poteva fare nulla.

Uno dopo l'altro gli uomini a difesa delle barricate iniziarono a cadere. I cadaveri erano così numerosi da intralciare nei movimenti chi ancora resisteva.

Quando la pioggia di fuoco cessò, un altro squillo di tromba annunciò l'avanzata dell'esercito.

Ma le difese ormai erano crollate quasi del tutto. Gli uomini correvano impazziti qua e là, chi con gli abiti in fiamme, chi ferito, chi semplicemente in preda all'isteria.

Perché devo assistere a tutto questo? si chiese Lil. Era troppo per lei. Voleva tornare indietro nel suo corpo, anzi, nel suo tempo, nella sua isola. E invece era costretta a monitorare ogni movimento anomalo. Doveva trovare il suo nemico, colui che aveva cancellato la loro esistenza. E combatterlo.

La marcia dell'esercito procedette in modo ordinato verso il villaggio. Nel frattempo, Lil si accorse che qualche manipolo di coraggiosi si era nuovamente radunato dietro le barricate. Quando i soldati della prima linea raggiunsero le ultime difese, vide che affondavano come coltelli nel burro. Le protezioni improvvisate ressero soltanto qualche minuto, poi gli invasori infilzarono i pochi sopravvissuti con le loro lunghe spade. Lil non riuscì a distogliere lo sguardo: a un uomo la lama trapassò il cranio, a un altro si infilò dritta nel cuore, un altro ancora fu eviscerato. L'uomo cadde a terra e si guardò il ventre, quasi stupito di quello che ne usciva. Alcuni provarono a scappare, ma era troppo tardi. Negli occhi dei soldati c'era sete di sangue, bramosia di morte, desiderio di caccia. Non erano più uomini, ma cani alla ricerca di prede. Decapitarono le teste dei fuggitivi, amputarono gambe e braccia. Era troppo. Lil sentì la sua coscienza indebolirsi e si ritrovò di nuovo nell'oscurità della botola.

"Mia Signora, mia Signora," udì chiamare.

Qualcuno le stava tenendo il viso, mentre le scene di morte continuavano a fluttuare senza sosta nella sua mente.

"Mia Signora," ripeté la voce, spaventata.

"Sì, Delan."

"Perdonatemi, ma vi ho sentita cadere e…"

"Va tutto bene," rispose Lil, la voce ancora rauca e spezzata. Avvertiva una spossatezza che non aveva mai provato in precedenza.

Udì vicino a sé un rumore di denti e realizzò che proveniva da Zalnos, che stava tremando dalla paura.

Dall'alto giungevano, seppur attutiti, dei suoni orrendi: urla, grida, lamenti, imprecazioni. Erano voci di donne, bambini, uomini. Esprimevano furore, rabbia, paura. Morte.

Non posso più uscire. Non ce la faccio. Tutto quell'orrore, non posso più sopportarlo.

Miril aveva preteso troppo da lei. Come poteva lei, una ragazza che in vita sua non aveva conosciuto altro che la placida esistenza nella sua pacifica isola, affrontare tutto *quello?*

Mi dispiace, Miril. Davvero, mi dispiace. Ma non posso farcela.

Concentrò i suoi poteri a protezione della botola. Chiunque fosse entrato in quella casa non avrebbe trovato l'apertura. Se fosse stato necessario, si sarebbe insinuata nella mente degli aggressori pur di rimanere nascosta là sotto.

Sono una codarda! Non ho il coraggio di fare quello per cui sono venuta qui. E non riesco neppure ad aiutare questa povera gente.

Ogni scelta le sembrava sbagliata. Nemmeno starsene rintanata in quella cantina a proteggere quei due uomini era ciò che avrebbe dovuto fare. *Se non ci fossi stata io, forse loro ora sarebbero là fuori, morti o a combattere sulle barricate...*

Un rumore squarciò l'aria. Qualcuno aveva spalancato la porta di sopra.

"Entrate, bastardi", urlò una voce maschile, subito seguita dal tonfo di qualcosa che veniva gettata sul pavimento.

Da fuori, un sonoro scalpiccio di passi guadagnò il centro della stanza.

"Siete solo dei cani, dovete morire. Cani, cani, avete capito cosa siete?" proseguì la voce di prima, in tono minaccioso.

"Aspettate, vi prego," rispose tremante una seconda voce. "Prendete me, ma lasciate stare mio figlio, vi scongiuro."

Lil capì. Con il cuore che iniziò a batterle forte nel petto, uscì nuovamente dal suo corpo e attraversò la botola.

"Aspettaaateee... viii preeeegooo," ripeté il soldato, facendo il verso all'uomo a terra, il cui viso era coperto da una maschera di sangue, con la mascella fuori posto, molto probabilmente rotta.

Suo figlio invece, un giovanotto appena adolescente, era ancora tutto intero e teneva il padre per un braccio, con gli occhi terrorizzati fissi sul manipolo di soldati.

Lil si decise. Non le importava più nulla della sua esistenza, del suo futuro, della sua missione. Doveva salvare quelle persone. Se non lo avesse fatto avrebbe dovuto convivere con il senso di colpa per tutta la vita.

Rivolse la propria attenzione agli assalitori. Erano in quattro, con le spade insanguinate e gli occhi spiritati.

Sul volto di colui che aveva parlato, il capo dei soldati, era dipinta un'espressione carica di perversa eccitazione. Avanzò verso il ragazzo e sollevò la punta della spada sotto il mento del giovane, dai cui occhi iniziarono a sgorgare le lacrime.

In quel momento Lil si tuffò nel suo animo.

Ripercorse un'esistenza condotta tra gli stenti, in uno stato di estrema povertà, vissuta in un piccolo villaggio isolato. Quell'uomo non aveva vissuto nessun trauma vero e proprio, ma era sempre stato costretto a vivere all'ombra del fratello maggiore, il primogenito, senza che gli fosse mai stata data la possibilità di esprimersi fino in fondo e far vedere quanto anche lui valesse. Aveva infine scelto l'esercito e da quel momento era stato lui a dominare i più deboli. Lil fece leva sul suo complesso di inferiorità, riportò di colpo nella sua mente la figura del fratello, la ingigantì, facendolo sentire sempre più piccolo e inutile. Si rese conto di star commettendo una bassezza, ma sortì l'effetto sperato: il soldato lasciò cadere la spada a terra e crollò in ginocchio, confuso.

I suoi commilitoni si scambiarono occhiate stupite, sprezzanti, beffarde.

Uno dei tre si chinò al suo fianco e lo prese per un braccio. "Ehi, tutto bene?" gli sussurrò in un orecchio per non farsi sentire dagli altri due, che avanzarono rispettivamente di fronte al padre e al figlio.

Lil fu presa dal panico e quella sensazione tese l'elastico che la teneva ancorata al proprio corpo. *Calmati, puoi farcela, ma devi essere più rapida.*

Riuscì a rimanere nella stanza ed entrò nella mente del soldato in piedi davanti al ragazzo. Era un militare di lungo corso. Lil riportò a galla il dolore per la morte degli amici nelle prime spedizioni a cui aveva partecipato. Era un dolore sopito, nascosto sotto la coltre di decine di altre perdite, ma mai davvero metabolizzato.

Mentre era impegnata in quell'operazione, si accorse che l'altro soldato aveva alzato la spada sul padre del ragazzo. Dal suo sguardo risoluto Lil realizzò che non avrebbe esitato. Si lanciò nella sua memoria, scoprendo che era originario proprio di quel villaggio. Conosceva l'uomo che stava per uccidere e ciononostante desiderava togliergli la vita. Spiazzata, Lil scandagliò furiosamente tra i suoi ricordi, ma, mentre lo faceva, il soldato trapassò il padre con la spada, con un gesto misurato, all'altezza del cuore, il ferro che affondava liscio e vellutato nella carne, per poi uscirne intriso di sangue.

Per lo spavento Lil sentì l'elastico tendersi ancora di più. Fu nuovamente colta dal panico, ma decise che doveva salvare almeno il ragazzo. Riportò l'attenzione sul primo soldato, sul dolore per i suoi compagni caduti, ma l'uomo che aveva appena ucciso il padre con un fendente piazzato con precisione, recise di netto il collo del giovane. La testa rotolò come una palla sul pavimento in legno, gli occhi ancora aperti.

Lil non riuscì a reprimere un urlo di disperazione e orrore. Ripiombò nel proprio corpo. Si accorse dell'angoscia di Delan e Zalnos, spaventati a morte. Udì dei suoni concitati e vide uno spiraglio di luce ferire l'oscurità del loro nascondiglio. La botola si spalancò. I soldati ci saltarono dentro agilmente. Presero per il braccio lei e i suoi compagni, terrorizzati, costringendoli ad alzarsi in piedi.

"Porta su la ragazza," sentì dire.

Quando gli altri sollevarono le spade, sia Zalnos che Delan rivolsero a Lil uno sguardo implorante. *Salvaci*.

Lei avvertì la loro speranza, il loro desiderio di vivere, il loro selvaggio attaccamento alla vita. E, poco dopo, percepì che ormai non erano più nei loro corpi, se n'erano andati.

Chiuse gli occhi. Avrebbe voluto soffocare ogni sensazione. Lasciò che quegli uomini la portassero via.

"L'abbiamo trovata, vai a chiamare rinforzi," udì qualcuno ordinare. La trascinarono per le strade del villaggio, dove i soldati continuavano a perpetrare gli stessi delitti che avevano compiuto nella casupola di Zalnos. Uomini e donne, bambini e anziani, tutti venivano massacrati senza pietà, nelle case o all'esterno.

Anche se Lil continuava a tenere gli occhi chiusi, l'orrore di quelle immagini penetrava ugualmente dentro di lei. Desiderava solo una cosa: tornare nella sua isola, un luogo forse freddo, inospitale, dove la vita era dura, ma un tempo così caldo di amore, di sentimenti e di speranza.

In pochi secondi fu circondata da un gran numero di soldati. Li vide chiamarsi l'un l'altro per assembrarsi intorno a lei. Si costrinse ad accantonare per un attimo la propria sofferenza per capire cosa stesse succedendo. Era intimorita, ma si consolò al pensiero che almeno avrebbero interrotto le violenze ai danni degli abitanti del villaggio.

Udì un rumore di zoccoli e vide due individui avvicinarsi velocemente a cavallo. I soldati si misero subito sull'attenti, disponendosi in modo da lasciare aperto un varco, nel quale si infilarono i due cavalieri.

Il primo uomo scese da cavallo con un movimento fluido e si diresse verso Lil con passo deciso. Aveva i capelli corti e indossava un'uniforme di cuoio impreziosita da borchie di metallo e da un mantello rosso. Al suo passaggio, i soldati sembravano quasi trattenere il fiato.

Dietro di lui, con un'andatura claudicante, camminava un uomo basso, ingobbito, quasi completamente calvo, che lanciava intorno a sé occhiate curiose e maligne.

Quando il cavaliere raggiunse Lil, si rivolse al secondo uomo. "Credete sia lei?"

Questi si fece più vicino, alzò una mano e le accarezzò il viso. Lil a quel contatto si sentì gelare il sangue, come se una moltitudine di spilli ghiacciati la stesse infilzando.

"Oh sì, non ci sono dubbi!" ghignò l'ometto.

"Bene, una scorta di dieci uomini è sufficiente per riportarvi a Palazzo?"

"Ehm," rispose l'altro, "facciamo venti." Parlava come se la situazione lo divertisse, ma non smetteva di studiare Lil con grande attenzione.

"Venti uomini?" ripeté il militare, perplesso. "È una ragazza! Insomma... che cosa volete che faccia?"

"Lo vedo che è una ragazza, ma lo era anche l'altra. Va bene, quindici forse saranno sufficienti..."

A quelle parole, il cuore di Lil saltò un battito. Che stessero parlando di Miril?

"Chi è l'altra? Di chi parlate?" domandò d'impulso, incapace di trattenersi.

L'ometto la guardò sospettoso.

"Oh, credo che tu la conosca bene, visto che, a quanto mi dicono, siete venute qui insieme. Rimangono solo alcune circostanze da chiarire, ma purtroppo la tua amica non si è dimostrata molto incline a collaborare. Sono sicuro che con te andrà meglio e non dovremo ricorrere a metodi... diciamo... *estremi*."

Quell'individuo aveva la capacità di spaventarla e irritarla al tempo stesso.

"Cosa le è successo? Cosa le avete fatto? È ancora viva?"

L'uomo ghignò. "Viva? Chissà... Ormai la sua vita dipende solo dalle sue doti. Mi è sembrata comunque molto capace. Potrebbe anche sopravvivere..."

Mentre parlava, alcuni soldati sopraggiunsero spingendo un carro sormontato da una gabbia con delle sbarre di ferro arrugginito.

"Oh... ecco qua il tuo mezzo di trasporto. Direi che ora noi possiamo pure togliere il disturbo e lasciare questi bravi soldati a fare il proprio dovere."

Lil guardò affranta le case, chiedendosi sconsolata cosa ne sarebbe stato degli abitanti del villaggio.

"Sali," le ordinò l'ometto, supportato dalle spade insanguinate dei soldati che le si avvicinarono minacciosi.

Non sono riuscita a salvare nessuno e non potrò più fare nulla per loro. Rassegnata, entrò nella gabbia.

Il carro procedeva faticosamente sulla strada sterrata. Più il tempo passava più l'obiettivo per il quale lei e Miril avevano iniziato quel viaggio rischioso si allontanava. *È al villaggio che dovrei rimanere. Non posso lasciare che mi portino troppo lontano dal luogo dove avverrà il distacco...*

Lo sguardo dei soldati non smetteva di sorprenderla. Avevano timore di lei. Li sentiva parlottare, fare di tanto in tanto anche commenti poco carini nei suoi confronti, ma nei loro occhi coglieva continui lampi di preoccupazione. Era come se ciascuno di loro si aspettasse da un momento all'altro chc lei si trasformasse in una sorta di mostro in grado di divorarli.

Possibile che sia Miril la causa di tutta questa diffidenza?

Rammentò l'espressione di Delan quando si era insinuata nella sua mente. La sacerdotessa aveva forse cercato di difendersi nello stesso modo? Aveva fatto uso del proprio potere per lottare e riconquistare la libertà? E fin dove si era spinta?

Vedendo quegli sguardi, Lil si chiese se non sarebbe stato meglio non aver mai ricevuto quel dono. Lei *non* voleva fare del male alla gente. In vita sua aveva sempre rispettato tutti. Si era continuamente sottratta alle situazioni che avrebbero potuto cagionare dolore agli altri. Era sempre stata una ragazza tranquilla, ordinaria, poco incline a pettegolezzi e dicerie, senza il desiderio spasmodico di eccellere in ambiti particolari. E ora...

Alla guida della loro spedizione c'era quell'uomo. Lil percepiva chiaramente che anche lui padroneggiava arti simili alle sue, ma si trattava di un potere completamente diverso. Era come se parlassero lingue differenti. Non esisteva quell'affinità e quel contatto immateriale che invece la accomunava alla sacerdotessa. Miril era brillante, radiosa, la massima espressione di tutto ciò che di bello la vita poteva offrire. Miril era calore e amore. Quell'individuo, al contrario, era gelo e oscurità. Il contatto iniziale che aveva scambiato con lei ancora le dava i brividi. Era come se avesse scavato un solco nella sua anima. Se con così poco era stato in grado di causarle un tale sconvolgimento, cosa avrebbe potuto farle ora che era sua prigioniera? E come aveva usato il suo potere su Miril?

Lui cavalcava qualche metro davanti a tutti gli altri. In quel momento era chino sul cavallo e lasciava ciondolare la testa, come se stesse dormendo. Ogni tanto però si voltava a guardare a destra o a sinistra, senza tuttavia girarsi mai indietro. Non parlava neppure con i soldati.

La gabbia procedeva lentamente sulla strada fangosa, che si inerpicava su colline e alture brulle. A un certo punto Lil notò che girava verso il mare, quell'oceano dove, poco a sud, si trovava la sua amata isola. *Ma ora non ci vive più nessuno, è deserta. E se io e Miril non faremo il nostro dovere, rimarrà tale per sempre.*

A volte le ruote si bloccavano in mezzo ad alcune delle numerose buche. I soldati facevano del loro meglio per spingere il carro in avanti. In quei momenti, l'uomo alla guida della spedizione restava in paziente attesa, senza mai voltarsi.

Raggiunta la sommità di un'altura, Lil vide per la prima volta in lontananza il Palazzo. Si ergeva su un promontorio a picco sul mare; era costruito con pietre dello stesso colore e ne sembrava quasi la continuazione naturale. Era l'edificio più imponente che avesse mai visto, così grande che avrebbe potuto tranquillamente contenere al suo interno tutte le sale del Tempio della sua isola. Era una costruzione caotica, con blocchi più o meno grandi che si accavallavano e si sovrapponevano gli uni agli altri. Verso l'esterno, al di là delle mura, la sequenza di edifici di ogni dimensione proseguiva ininterrotta. Era una città, una di quelle di cui raccontavano gli Anziani. Lil non

avrebbe mai creduto possibile che tante case potessero trovarsi così vicine le une alle altre.
Si era immaginata le città come luoghi belli e variopinti. Invece quell'agglomerato appariva come un posto sinistro, più pronto ad azzannare le terre sulle quali sorgeva che a coronarle con giochi di bellezza.
Mentre era intenta a rimirare la maestosità di quelle volute architettoniche, l'uomo a cavallo alzò la mano, facendo segno di fermarsi. I soldati arrestarono subito la marcia. Lil lo vide girarsi e avanzare verso di lei passando in mezzo ai soldati, che si facevano via via da parte.
"Tu," fece cenno a uno di loro, "apri la gabbia. Voi tutti, allontanatevi di cento piedi," proseguì rivolto agli altri.
Il soldato che aveva ricevuto il comando si avvicinò alla gabbia, mentre i suoi compagni si affrettavano a spostarsi. Lil si stupì della preoccupazione che leggeva sul viso del giovane. Avrebbe quasi voluto rassicurarlo. Lo guardò negli occhi cercando di trasmettergli la sua stessa serenità d'animo, ma lui fece attenzione a non incrociare il suo sguardo.
"Scendi," le ordinò l'uomo a cavallo, rimanendo sempre in sella.
Lil obbedì. Le articolazioni le facevano molto male e fu lieta di poter finalmente distendere le gambe.
"Ora legale i polsi ben stretti alle sbarre," ordinò invece al soldato. Quest'ultimo gli rivolse un'occhiata che lasciava trasparire tutta la sua preoccupazione.
"Ci sono qui io!" lo rassicurò, infastidito, l'uomo a cavallo.
Il giovane si avvicinò a Lil ed eseguì quanto gli era stato detto cercando di toccarla il meno possibile. La trattava come se fosse portatrice di una grave malattia.
Quando ebbe finito di legarla, l'uomo scese da cavallo.
Incapace di trattenersi, Lil gli chiese mentre si avvicinava: "Chi sei?"
Lui proruppe in una grassa risata. "La domanda non è chi sono io, ma chi sei tu! In ogni caso, mi chiamo Romur e sono un mago, proprio come te e la tua amica."
"Maghe? Noi non siamo delle maghe!"
"Non trovi il termine di tuo gradimento? Delle streghe, delle sacerdotesse, delle fattucchiere? È chiaro che non siete di queste parti, visto che usiamo termini diversi per indicare le stesse cose."

"Perché ci siamo fermati?" domandò Lil.
Il mago sogghignò. “Sono certo che la tua amica a quest'ora non sarà più in grado di comunicare né con te né con nessun altro, ma in ogni caso desidero prelevare le informazioni che mi servono prima che ci sia anche solo una remota possibilità che voi entriate in contatto. E questa mi sembra la distanza di sicurezza adeguata.”
“Cosa le avete fatto?”
“Oh bene,” sorrise compiaciuto l’uomo. “Almeno tu non sembri voler negare che vi conoscete. Allora forse con te non dovrò usare le maniere forti. E magari tu non farai la sua stessa fine. Allora, puoi essere così gentile da dirmi una volta per tutte cosa ci fate sulla nostra terra?”
Che scusa avrebbe potuto usare? Si era preparata con Miril all’eventualità di subire un interrogatorio nel caso in cui fossero state catturate, ma quelle risposte non avrebbero retto di fronte a Romur. *Miril, dove sei?* Ancora una volta, Lil desiderò con tutta se stessa di trovarsi in compagnia dell’amica.
Romur le si avvicinò. “Ascoltami,” le si rivolse con voce accomodante e paterna, “sei una splendida ragazza. Sei giovane e carina e credo che tu abbia dentro di te un grande talento. Non devi avere paura di me. Dimmi tutto ciò che ti chiedo e io non ti farò del male, e ti prometto che nessuno te ne farà. Ma, bada, se non mi accontenti, la tua bellezza, la tua giovinezza e la tua vita presto saranno perse per sempre.”
“La mia… vita? È questo quello che è successo all’altra donna? È morta?” Lil avrebbe voluto resistere, non avrebbe voluto lasciarsi andare. Ma quelle parole… Miril… morta? L’aveva uccisa? La sacerdotessa non era più di questo mondo? L’aveva lasciata sola? Prima Bashinoir, ora lei… Stavolta però era diverso. Per lui aveva provato un’infinita tristezza. Ma la sola idea che Miril non fosse più con lei la gettava in un pozzo di disperazione.
Le labbra di Romur si incresparono in un lieve sorriso. Avanzò di qualche passo e sollevò la mano verso Lil, che istintivamente si dimenò per evitare il contatto.
“Calma… non ti farò del male. Per ora non posso leggere nella tua mente, ma posso lasciare che tu vaghi nella mia. Forse troverai qualcosa che ti aiuterà a sciogliere la lingua.”
Il ricordo di quello stesso tocco, nel villaggio, la terrorizzò. “No!” gli urlò in faccia.

"No? Sicura?" le domandò tranquillo il mago. "Non vuoi vedere che fine abbia fatto la tua amichetta?"

Lil si acquietò, rimanendo immobile. Romur alzò la mano e le sfiorò le tempie. La ragazza fu subito sopraffatta da quel tocco gelido. Questa volta si sentì svuotata di ogni energia, incapace di compiere qualsiasi movimento. Se non fosse stata legata alle caviglie e ai polsi si sarebbe afflosciata a terra come un sacco vuoto.

Nella sua mente iniziarono a scorrere delle immagini, dapprima lentamente, poi sempre più veloci. Lil cominciò a percepire suoni e voci. A un'estremità di una gigantesca sala si trovava una gradinata dominata da un trono, sul quale sedeva un uomo con i capelli grigi e cortissimi. Sembrava molto anziano, magro, con il volto teso e un'espressione severa e cattiva. Non si muoveva, le emozioni parevano non turbarlo, e guardava fisso di fronte a sé.

La sala, di forma rettangolare, era piuttosto buia e delimitata da colonne così alte che sembravano perdersi nell'oscurità. Sui lati lunghi e su quello opposto al trono era assiepato un gran numero di persone. Quelle delle prime file erano sedute, le altre in piedi subito dietro.

Indossavano vestiti dai colori variopinti, ampi, sgargianti, in particolar modo quelli delle donne, le cui acconciature assumevano le forme più svariate.

La sala fu attraversata da un suono ben scandito. TUM – TUM, TUM – TUM. Quindi fu la volta di una lenta litania, che crebbe pian piano di intensità. Voci e parole di una lingua che Lil non conosceva si mescolarono al ritmo e alla melodia.

Tutti i presenti parvero via via sempre più rapiti dalla cantilena. Le teste cominciarono a muoversi contemporaneamente, avanti e indietro, scandendo il tempo della musica. Anche lo sguardo dell'uomo sul trono, il re, perse d'intensità. Le palpebre gli si socchiusero fino a diventare poco più che due fessure.

Tutti sospirarono quasi all'unisono, catturati da un punto al centro della sala, nel quale si formò un'immagine a mezz'aria.

Lil dapprima non fu in grado di distinguere bene, poi iniziò a scorgere i contorni di una figura. Era l'imboccatura di una gigantesca caverna. Anche questa aveva una forma rettangolare ed era stata probabilmente scavata da mani umane. La luce era fioca, ridotta a un tenue bagliore. Le pareti all'interno erano di pietra quasi nera.

La voce di Romur la riportò bruscamente alla realtà. “Quella che vedi è una proiezione ipnotica, creata dalla musica, che uso per allietare il nostro sovrano e il suo popolo. È un piccolo trucco grazie al quale possono seguire quello che accade nella caverna proprio mentre succede. Ma ci vogliono le persone giuste per creare uno spettacolo degno di questo nome. Disgraziatamente però, di solito muoiono tutte troppo presto. Ma, questa volta, credo proprio di aver trovato qualcuno che saprà intrattenerli.”

La persona giusta? Lil scorse una figura affacciarsi all’entrata della caverna. Al suo ingresso seguì un *ohhh* di sincero stupore nella sala del trono. Anche il re parve protendersi leggermente in avanti.

Lil osservò la tunica bianca, i capelli biondi e ondulati, la postura eretta, lo sguardo fiero e gli occhi magnetici. *Miril*, constatò con una stretta al cuore.

Capitolo 4 – Miril

PALAZZO REALE DI ARDIS, ISK
2.000 ANNI PRIMA

Ora che era finalmente libera da catene e senza un intero battaglione a sorvegliarla, doveva uscire da lì al più presto.

Dopo i suoi primi tentativi di fuga, il mago Romur aveva capito che per rendere inoffensivi i suoi poteri telepatici aveva bisogno di un gran numero di soldati. Se lei ne avesse ipnotizzato alcuni, altri sarebbero subito intervenuti a bloccarla.

Perché le avevano tolto le catene adesso? Romur, dopo giorni di angherie, torture e sevizie, sembrava aver perso improvvisamente interesse.

Quella mattina il mago non si era recato a farle visita e il pomeriggio l'avevano fatta uscire dalla cella, conducendola nei sotterranei attraverso una serie di rampe che parevano non finire mai. Quando i soldati si erano fermati, con lance e frecce puntate l'avevano obbligata a scendere gli ultimi gradini. Si era così ritrovata dinanzi a un'anomala imboccatura di una caverna, formata da rocce del nero più scuro che avesse mai visto.

Era inutile tornare indietro, sapeva che i militari erano rimasti a guardia. L'unica altra uscita, se mai fosse esistita, era di fronte a lei.

Le membra le dolevano a causa delle torture subite, ma il solo fatto di essere finalmente libera le era di grande conforto.

Già dopo pochi passi, Miril si rese conto di ciò che l'oscurità le aveva celato: quella grossa apertura aveva la forma di un gigantesco imbuto, con pareti, pavimento e soffitto convergenti. Dopo una decina di metri fu in grado, spalancando le braccia, di toccare la roccia su entrambi i lati e ben presto dovette addirittura abbassare la testa per avanzare. Il soffitto, però, continuò a scendere fino a costringerla a mettersi carponi. Infine dovette distendersi prona sul pavimento, con le pareti così vicine da graffiarle fianchi, braccia e gambe.

Si trascinò lungo quel buco per un tempo che le parve eterno, nella più completa oscurità, chiedendosi più di una volta se non fosse opportuno tornare indietro. Tuttavia, girarsi per procedere in senso inverso si sarebbe rivelato ancora più complicato.

Stava strisciando come un verme. Era questo ciò che volevano da lei? Il loro intento era quello di umiliarla? Probabilmente era stata lasciata *libera* solo per essere sottoposta a ulteriori sofferenze. Ma qual era il loro scopo? Volevano testarne le capacità, eliminarla o divertirsi alle sue spalle?

Improvvisamente le mani annasparono nel vuoto. Miril riuscì comunque a sorreggersi, appoggiando gli avambracci sulla parete di roccia a strapiombo. Il tunnel sembrava terminare in una sorta di pozzo. Cercò di fronte a sé una seconda apertura, senza tuttavia scorgere nulla.

In alto o in basso?

Osservando bene, si rese conto che lì era la roccia nera a emettere una flebile luce, consentendole così di capire quale fosse la forma del pozzo. E più in alto, la luminosità pareva addirittura aumentare di intensità.

È un'uscita... o almeno tale vorrebbe sembrare. Dopo aver percorso un tunnel così claustrofobico, chiunque sceglierebbe di salire...

Ebbe un'idea. Con le dita individuò delle piccole pietre nel tunnel, ne raccolse una manciata e le lanciò con forza in alto contro le pareti, dalle quali fuoriuscì all'istante una fitta trama di lance, che poi scomparvero con la stessa velocità con cui erano apparse.

Trappole per uccidere. Ma se volevano eliminarla, perché non farlo quando era in catene?

Devo scendere. C'era un solo modo per farlo.

A fatica si issò fino al busto oltre il margine del tunnel, riuscendo ad appoggiare le mani su quello opposto. Fece leva su uno spunzone di roccia e ruotò il corpo di centottanta gradi. Quindi portò anche il sedere oltre il bordo, reggendosi come meglio poteva da un lato sulle mani e dall'altro sulle gambe, ben salde sul pavimento del tunnel. Infine, dandosi la spinta con un colpo di reni, si gettò di spalle contro una parete, puntando i piedi sull'altra. Con la schiena, però, andò a sbattere su un altro spunzone che prima non aveva notato. Il dolore fu terribile ma riuscì comunque a mantenere la posizione.

Lentamente, strisciando con schiena, piedi e mani contro le pareti, si calò lungo il pozzo.

La discesa durò a lungo e le costò molta fatica. Sentiva il vestito bagnato sui lombari a causa del sangue che fuoriusciva dalla ferita per la botta contro lo spunzone.

Quando il pozzo piegò da un lato, si sistemò con il sedere dalla parte del piano inclinato in modo tale da rendere più agevole la discesa. Dopo pochi metri, le pareti tornarono verticali e la sacerdotessa, guardando tra le sue gambe, riuscì a scorgere un lontano bagliore azzurrino.

Continuando a scendere, si rese conto che le pareti si stavano allargando. Se la circonferenza del pozzo fosse cresciuta oltre una certa misura non sarebbe più stata in grado di sostenersi.

Avanzò con molta cautela, aumentando la pressione su schiena e piedi, finché le pareti non le permisero più di reggersi da entrambi i lati.

E ora? Non aveva più le forze per provare a risalire. Aspettare non era un'opzione contemplabile. Poteva lasciarsi andare, ma non riusciva a capire cosa fosse quel bagliore azzurrino e dove sarebbe precipitata.

Mentre rifletteva, le gambe iniziarono a tremarle per lo sforzo. Guardò ancora una volta in basso cercando di individuare delle rientranze nella roccia o dei punti di appoggio, ma era troppo buio.

Di lì a poco i muscoli le avrebbero ceduto. Poteva tentare di issarsi un po' più su, dove il pozzo era più stretto e dove sarebbe stata in grado di esercitare maggiore pressione. Non sarebbe servito a nulla, ma voleva prendere tempo per poter continuare a scrutare in basso alla ricerca di una via d'uscita. Puntò le mani sulle pareti per darsi la spinta iniziale per la salita, ma lo sforzo sui muscoli delle gambe si rivelò talmente eccessivo che queste le cedettero e Miril si ritrovò a precipitare nel pozzo.

Il cuore iniziò a batterle a un ritmo frenetico. Con le dita cercò di aggrapparsi alla roccia, ma le pareti continuavano ad allargarsi.

Si rese conto di essere troppo agitata per poter pensare lucidamente, così si impose di ritrovare la sua calma interiore. Visualizzò nella mente l'immagine del fuoco sacro, recuperando all'istante la sicurezza del proprio equilibrio.

Doveva sopravvivere, per ridare un futuro al suo popolo. E doveva rivedere Lil.

Chiuse gli occhi per un attimo e le apparve il viso dell'amata. Bastò quell'istante perché sentisse scorrere dentro di sé l'energia della loro unione, facendo svanire ogni residuo di fatica e spossatezza.
Li riaprì e scrutò con più attenzione in basso, riuscendo a individuare il punto in cui terminavano le pareti del pozzo, ormai al di fuori della sua portata. Il bagliore azzurrino sembrava provenire da un lago sotterraneo. Nell'acqua, però, c'erano dei puntini neri. Era troppo lontana per capire cosa fossero, ma lo avrebbe scoperto molto presto, dato che stava per finirci sopra.
Anche nel pozzo c'era qualcosa. Forse era una sbarra, sistemata in modo da coprire l'intero diametro della sua circonferenza.
Era la sua unica possibilità. Sapeva che la sua esile muscolatura non sarebbe bastata a sostenere il suo peso in caduta libera, ma preferì scacciare quel pensiero, allungò le braccia e si preparò all'impatto.
Quando i palmi cozzarono contro la sbarra, vi si avvinghiò con tutta la forza che aveva in corpo. Chiuse gli occhi, visualizzò ancora il fuoco sacro e si tenne aggrappata come meglio poteva.
Fu quasi sorpresa di ritrovarsi penzolante nel vuoto, con un dolore atroce alle mani, appesa in equilibrio precario a una sbarra di metallo, ma salva.
Quando i battiti del cuore cominciarono a tornare alla normalità, si impose di soffocare momentaneamente il dolore e di guardare in basso.
Sì, quello sotto di lei era un lago sovrastato da una gigantesca volta sotterranea. Dall'acqua spuntavano dappertutto insidiose punte di roccia, sulle quali sarebbe molto probabilmente morta infilzata se non fosse riuscita ad arrestare la caduta.
Chi aveva scavato quel pozzo? E a quale scopo? Avrebbe voluto delle risposte, ma non c'era tempo per cercarle. Sentiva che le dita sulla sbarra iniziavano a perdere aderenza. Se non avesse trovato una via d'uscita, l'abbraccio mortale di quelle punte sarebbe stata l'ultima sensazione che avrebbe provato in vita sua.
Mosse le mani lungo la sbarra fino al punto in cui questa si incastrava nella roccia. Cercò una rientranza o un punto di appoggio, senza tuttavia trovare nulla di utile.
Con il dolore che aumentava di intensità, si spostò verso l'altra estremità. Esaminò ancora la roccia alla disperata ricerca di un appiglio, ma senza successo.

Com'era possibile? Fino a quel momento le era sempre stata offerta una via d'uscita, mentre ora sembrava che l'unica opzione praticabile fosse andare incontro a una morte certa. Che fosse quello il luogo che i suoi carcerieri avevano designato come ultima tappa della sua strana avventura?

Miril si guardò di nuovo attorno. No, intorno a lei non c'erano appigli di nessun tipo. Tornò a studiare la superficie dell'acqua, alla ricerca di qualcosa che potesse esserle di aiuto. Osservò con attenzione le punte acuminate. Non aveva dubbi sul fatto che se si fosse lasciata cadere sarebbe morta sul colpo. Ricoprivano l'intero lago con una trama così fitta che sarebbe stato impossibile tuffarsi esattamente in mezzo a due di esse.

Perlustrò più volte con lo sguardo tutta la superficie sotto di sé, notando infine un piccolo specchio d'acqua che prima, forse a causa dell'agitazione, non era riuscita a individuare. A qualche metro di distanza dal punto in cui sarebbe caduta se si fosse lasciata andare, le rocce erano disposte a cerchio. Formavano una circonferenza simile a quella del pozzo, ma più piccola e ridotta di qualche metro. Che fosse possibile saltare fin lì? Miril non ne era affatto sicura.

Le vennero in mente i giochi di abilità nei quali i giovani della sua isola facevano del loro meglio per superarsi in bravura. In alcuni di essi, dovevano salire sui rami più alti degli alberi per poi spiccare dei salti notevoli da un ramo all'altro o giù sul terreno. In genere erano i maschi e le ragazze più ardite a cimentarsi in queste gare, alle quali nessun sacerdote aveva ovviamente mai preso parte. Miril si sentiva del tutto inadeguata.

Muovendo il bacino e facendo forza sui muscoli delle braccia, fece ondeggiare il corpo avanti e indietro. La superficie del lago si trovava ad almeno una trentina di metri sotto di lei. In teoria, se si fosse data una spinta sufficiente, avrebbe potuto centrare quel piccolo spazio circolare, ma le probabilità di rimanere invece infilzata sulle punte le sembravano decisamente maggiori.

Devo farcela. Devo farlo per te, Lil. Devo tornare da te. E devo farlo per il nostro popolo.

Sentì il sudore scivolarle tra i seni e lo spostamento dell'aria accarezzarle le gambe.

Chiuse gli occhi. Si figurò mentalmente la posizione dello specchio d'acqua sotto di lei. Visualizzò il suo corpo che, disegnando un elegante arco nell'aria, si infilava esattamente in quello spazio ristretto. Si convinse che quello era l'unico futuro possibile, che non poteva che andare in quel modo. Fece il vuoto nella sua mente. Lei. Il suo corpo. L'arco nell'aria. Mosse il bacino con ancora più forza. Il dolore alle mani scomparve. Ondeggiò sempre più velocemente e infine si lasciò cadere nel vuoto.

Miril vide il tunnel del pozzo sopra di lei farsi via via più lontano. Il suo corpo volava nell'aria. Di lì a poco ci sarebbe stato l'impatto o con l'acqua o con le punte acuminate che avrebbero messo fine alla sua vita. Quegli istanti che forse la separavano dalla morte le parvero infiniti. Le immagini del Tempio, dei rituali e del fuoco sacro si inseguirono rapide nella sua mente.

Lil. Si aggrappò al ricordo della ragazza. Se avesse avuto occasione di rivederla ancora una volta, le avrebbe detto, senza più nessun imbarazzo, che era la creatura con la quale si sentiva completa, specchio di ogni gioia, calore e amore di questa vita; che lei, Miril, era diventata la persona che era solo per vivere il loro amore insieme, fino in fondo, e che non avrebbe mai più voluto trascorrere una sola ora distante da lei. Mentre volava, capì che il sentimento che provava per quella ragazza era il completamento naturale della sua evoluzione spirituale, l'apice del suo percorso di conoscenza. L'avrebbe amata, con tutta se stessa.

I piedi impattarono sull'acqua gelida. La sacerdotessa capì di avercela fatta e un profondo senso di gioia le scaldò il cuore.

L'acqua l'avviluppò con fragore, schiaffeggiandole le membra. Continuò ad affondare per molti metri. Mosse le braccia rapidamente per cercare di riportarsi a galla, ma non faceva che scendere. Quanto era profondo quel lago?

Il moto discendente finalmente si arrestò e lei fece del suo meglio con mani e piedi per nuotare verso la superficie.

Guardò in alto, verso la luce. Aveva bisogno di respirare, ma qualcosa di viscido le afferrò la caviglia, tirandola verso il basso e provocandole un'insopportabile fitta di dolore per tutto il corpo.

Lottò con tutte le forze rimastele. Agitava le braccia per tornare in qualche modo a galla e con l'altro piede cercava di liberarsi dal tentacolo che le aveva arpionato la caviglia, ma quello continuava a stringere e a trascinarla verso il fondo.

Miril realizzò d'un tratto che quel tocco era velenoso: la caviglia le si stava rapidamente intorpidendo e stava perdendo sensibilità all'intera gamba.

Era esausta e aveva urgente bisogno di ossigeno.

Smise di lottare e uscì dal proprio corpo. Lo osservò mentre inanime veniva risucchiato verso il basso. Si mosse nell'acqua, in giù, seguendo il tentacolo della creatura che la voleva uccidere.

Era un polpo gigante, completamente bianco e mostruoso.

Non avrebbe voluto farlo, ma entrò nel suo essere. Era diverso dall'esplorare un umano. Non c'erano pensieri, ma solo istinto, sensazioni, riflessi incondizionati. Ben presto acquisì un'enorme quantità di informazioni sul luogo in cui si trovavano, sulle correnti e sulle altre creature viventi che lo popolavano. Quello che dall'alto le era parso un lago placido e deserto era in realtà un ricco ecosistema. Ma cosa avrebbe potuto usare per indurre la creatura a lasciare la presa? Non riusciva a trovare nessun istinto sul quale fare leva. Il polpo era affamato e lei non era altro che una preda.

Non può finire così! Anziché provare a contenere e controllare la rabbia, com'era solita fare, diede sfogo a tutta la sua frustrazione, scatenandola contro il polpo.

L'animale le parve per un attimo sovraccarico di energia. Il dolore si diffuse rapidamente per tutto il sistema nervoso. Si irrigidì e morì di colpo.

Miril si lasciò risucchiare nel proprio corpo. Represse l'istinto di spalancare la bocca e respirare a pieni polmoni, e nuotò verso l'alto il più velocemente possibile.

Quando riemerse boccheggiò freneticamente. L'aria che le inondò le narici le parve il bene più prezioso con cui fosse mai venuta a contatto.

Esausta, si aggrappò a una delle punte acuminate più vicine.

Aveva ucciso una creatura vivente. Aveva usato il potere che le era stato conferito per proteggere un popolo e seguire un cammino evolutivo di conoscenza, per causare invece dolore. Avrebbe potuto indurre il polpo a lasciare la presa o semplicemente addormentarlo, ma aveva perso il controllo e, temendo di essere in punto di morte, aveva fatto il peggior uso possibile delle proprie capacità. Guardò incredula le proprie mani, i polsi, le braccia, quasi immaginasse di vederli macchiati del sangue dell'animale.

Di fronte a un grande pericolo o in condizioni estreme, possiamo dimenticare la nostra vera essenza e dare libero sfogo alle nostre peggiori pulsioni, ai nostri istinti più animaleschi?

Dall'inizio di quella strana avventura era stata costretta a strisciare come un verme e successivamente a uccidere. Cos'altro l'aspettava?

Sapeva perché continuava a lottare, ma ora aveva la sensazione che tutta la sua energia la stesse abbandonando.

Cercò di infilarsi tra le rocce più vicine e si trascinò nell'acqua aggrappandosi con le mani.

Dall'alto aveva visto su quale lato lo specchio d'acqua cedeva il passo a un accenno di riva e si avviò in quella direzione.

Molte rocce presentavano sporgenze taglienti che la portarono a graffiarsi su gran parte del corpo, in particolare sui piedi, ma Miril continuò ugualmente ad avanzare, incurante del dolore e quasi ignara del suo stesso incedere.

Quando finalmente raggiunse la riva, notò che da una miriade di piccoli graffi sgorgavano rivoli di sangue che le disegnavano curiose striature sulla pelle. Si lasciò andare esausta sul pavimento di pietre. Mai in vita sua le era capitato di sentirsi tanto stanca.

Devo continuare. Qualsiasi cosa mi aspetti da qui in poi, non posso permettermi di indugiare. Le era difficile calcolare per quanto fosse rimasta prigioniera, era stata a lungo bendata e spesso aveva perso la cognizione del giorno e della notte, ma temeva che, se anche fosse sopravvissuta a quelle prove mortali e fosse riuscita a fuggire, non sarebbe arrivata in tempo per evitare il distacco dei rami, e così tutti gli sforzi compiuti fin lì sarebbero stati inutili.

A meno che... Dov'era Lil? La ragazza sarebbe stata in grado di portare a termine il loro difficile obiettivo? Il pensiero di saperla sola in quel luogo ostile e pericoloso le fece stringere il cuore.

Miril si guardò intorno senza troppa convinzione. La volta della caverna sopra la riva si abbassava rapidamente e su un lato della parete di roccia scura individuò un varco. Vi si diresse decisa ed entrò.

Era un altro tunnel, simile a quello percorso all'inizio, ma abbastanza alto da consentirle di camminare eretta. Dopo qualche centinaio di metri avvertì la presenza di una forte corrente d'aria.

Che l'uscita sia da questa parte? Forse quel luogo era congegnato come una serie di terribili prove che il prigioniero doveva affrontare per guadagnarsi la libertà. Eppure le sembrava strano che il mago che l'aveva interrogata e che aveva cercato di strapparle delle risposte con ogni metodo avesse infine deciso di rinunciare a lei.

Ripensò al sovrano freddo e distante dinanzi al quale era stata inizialmente condotta. Lui non l'aveva guardata con particolare interesse. Che avesse pensato fosse venuto il momento di liberarsi di lei? Forse non condivideva le apprensioni del suo mago di corte e la voleva morta, o semplicemente fuori dal suo palazzo.

Miril giunse a una svolta, la superò e il cuore le si accese di speranza.

In lontananza, al termine di quel tunnel sotterraneo, poteva scorgere finalmente la luce del sole.

Avrebbe voluto correre, ma era così sfinita che riuscì soltanto ad accelerare un po' il passo.

Mancavano solo pochi metri all'uscita e alla libertà. Notò che poco più avanti la roccia era segnata su tutti e quattro i lati, come se un tempo lì ci fosse stata una sorta di barriera. Si avvicinò con circospezione. Man mano che procedeva, una figura sembrava materializzarsi nell'aria di fronte a lei. La sacerdotessa la osservò con curiosità crescente. La familiarità era indubbia, ma le era difficile credere a quel che vedeva. Mentre lei avanzava, anche quella sagoma le si faceva incontro. Continuarono a camminare finché giunsero a pochi metri di distanza l'una dall'altra.

Miril sorrise: di fronte a sé c'era la sua copia perfetta.

Aveva davanti la sua immagine riflessa. Si guardò indietro, stupita. Alle sue spalle c'era ancora il tunnel di pietra dal quale era venuta, mentre dietro l'altra Miril questo si allargava fino ad aprirsi verso l'esterno.

Da lì la sacerdotessa era in grado di scorgere i prati verdi, le colline, gli altipiani e il cielo azzurro.

Non si trovava di fronte a uno specchio.

Avanzò lentamente di alcuni passi, osservando la figura dinanzi a sé compiere movimenti identici. Alzò un dito a mezz'aria, lo avvicinò piano all'altro e toccò… un essere umano.

Il suo dito è caldo. Non è un'immagine, è reale.

Indossava una tunica sbrindellata come la sua e riportava su gambe e braccia i suoi stessi segni. I capelli erano bagnati, in disordine e arruffati come i suoi. Con un certo disagio Miril dovette ammettere che aveva un pessimo aspetto.

Avrebbe voluto correre verso la luce, ma era la sua stessa copia a frapporsi tra lei e la libertà.

Fece un passo a destra, imitata dal suo doppione, che si mosse verso la propria sinistra.

Scattò nella direzione opposta e l'altra Miril compì di nuovo un movimento speculare.

Fece un passo in avanti, con tutto il corpo, puntualmente seguita dall'altra donna.

Mosse ancora un passo e i due piedi giunsero a toccarsi.

Infine portò avanti tutto il corpo. Prima i seni, le ginocchia, il naso e poi gran parte del fisico si appiattirono contro la seconda Miril.

Spostò un piede indietro e fece leva per spingersi in avanti, ma l'altra impresse la stessa forza contraria.

Siamo noi stessi il più grande ostacolo alla nostra libertà.

Come superare quella situazione?

Miril era così spossata che si girò, si sedette e si appoggiò contro la schiena della sua copia. Un po' di calore umano non le avrebbe fatto male, visto che aveva i vestiti ancora bagnati.

Pensò a come trovare una soluzione per uscire da quello stallo, ma le fatiche di quelle ultime ore erano state tali e tante che si sentiva priva di ogni energia.

Appoggiata al suo corpo riflesso, che in qualche modo riusciva stranamente a rassicurarla, avvertì impotente le palpebre abbassarsi.

Si svegliò per il gran dolore alle mani, alla schiena e ai muscoli delle gambe. Si toccò la ferita rimediata nel primo tratto del pozzo. Come aveva potuto addormentarsi senza controllarla? *Per fortuna il sangue si è coagulato.*

Era completamente intirizzita e anche la caviglia continuava a farle male, anche se il dolore almeno lì non era aumentato.

Si girò verso l'apertura della caverna e quasi sbatté il viso contro l'altra Miril. Esaminò il suo stesso volto, notando le profonde occhiaie causate dalla fatica.

Fuori dalla caverna il cielo era azzurro. Ebbe l'impressione che fosse mattina. Ma com'era possibile che avesse dormito in quel luogo tutta la notte senza avvertire il freddo? Che quella di fronte a lei fosse una sorta di barriera magica in grado di creare un isolamento dal clima esterno? Rammentò tuttavia che anche nel Tempio, di notte, nei luoghi più segreti scavati nella roccia, persisteva una temperatura accettabile senza che vi fosse bisogno di accendere un fuoco.

Guardò negli occhi la sua copia, sentendosi osservata a sua volta. *Che sciocca! Per prima cosa avrei dovuto provare a parlarle!*

Con un certo imbarazzo disse: "Buongiorno."

L'altra Miril aprì la bocca e parlò contemporaneamente a lei.

No, non era servito a nulla. *Sono bloccata da una seconda me stessa che ripeterà ogni mio movimento e parola.*

Comprese che la soluzione dell'enigma che aveva di fronte doveva essere altrove.

Che cosa occorre fare per superare se stessi e riconquistare la libertà?

E se avesse provato a tornare indietro? Dal pozzo però non era possibile risalire ed era quasi certa di non aver visto altre uscite nella caverna sotterranea dove si trovava il lago.

No, quella era la prova che volevano che superasse.

Miril si alzò in piedi guardandosi attorno. La sua attenzione fu attratta da uno scintillio proveniente da dietro una roccia di cui il giorno prima non si era accorta. Avvicinandosi vide che in quel punto giaceva una spada. *Come ho fatto a non notarla ieri?* Era stata così stanca da non rendersene conto o l'oggetto era comparso durante la notte?

E cosa significava? Volevano che la usasse per uccidere la copia di se stessa? Guardò in direzione dell'altra Miril, specchiandosi nella propria espressione sbalordita. Vicino a lei si trovava un'arma identica.

Non potevano costringerla a combattere. Lei non aveva alcuna nozione in fatto di spade. Se colei che le stava di fronte era sotto ogni aspetto la sua esatta copia, non poteva avercela neppure lei.

Si chinò sull'oggetto per esaminarlo meglio. L'elsa recava delle iscrizioni che sembravano molto antiche.

Era una lingua che Miril non conosceva. Aveva visto dei segni simili riportati su alcuni dei tomi più malandati della biblioteca del Tempio. Erano il frutto di ciò che era stato portato sull'isola da alcuni eruditi durante la grande fuga di duemila anni prima, ma la conoscenza di quella lingua purtroppo era andata persa.

Avvicinò la mano all'elsa, percependone l'oscuro potere. Vibrava su frequenze che la sacerdotessa non aveva mai captato in precedenza, diverse anche da quelle dei maghi di Isk del suo tempo. Era sicuramente un oggetto molto antico, in grado di esercitare su di lei un'attrazione molto forte.

Guardò l'arma, quindi la copia di sé. No, non poteva proprio immaginare di uccidere se stessa.

Le venne in mente il combattimento con il polpo del giorno prima, quando per la prima volta aveva usato i propri poteri per togliere la vita a un altro essere vivente. Aveva scatenato tutta la propria ira in un colpo mortale e ancora non si capacitava di come una tale collera e un simile desiderio di morte avessero potuto farsi strada nel suo animo.

Ma lei era una sacerdotessa ed era certa di poter esercitare un pieno controllo su se stessa. In fondo, la traumatica esperienza del giorno prima le era servita per maturare.

Avrebbe sccperto anche il significato di quell'oggetto. Afferrò l'elsa della spada e la brandì sopra la testa.

Si sentì euforica e potente. La sollevò ancora più in alto, percependone la forza. Sì, ora poteva combattere. La conoscenza necessaria era confluita in lei tramite il contatto con la spada. Era come un prolungamento del suo stesso essere. Era parte di lei, ora. E voleva combattere, voleva incarnare il futuro per il quale era stata forgiata.

L'esaltazione iniziale che Miril aveva avvertito nel suo spirito continuava ad aumentare. Sapeva di non essere del tutto in sé, ma il suo cammino evolutivo non le richiedeva forse di affrontare e vivere l'ignoto? Se quello era lo strumento per riconquistare la propria libertà, ne avrebbe fatto uso.

Si voltò verso l'altra Miril, si mise in guardia e fece un passo verso sinistra.

La donna di fronte a lei la osservò diffidente e assunse a sua volta una posizione di difesa.

La sacerdotessa capì che l'incantesimo di riflessione era rotto, spezzato dal contatto con l'arma. Ora entrambe le donne potevano muoversi liberamente.

Si studiarono con attenzione, girando in circolo. Miril provò qualche breve affondo, ma la sua avversaria parò bene i colpi.

"Chi sei?" le chiese.

"Sono io che dovrei chiedertelo!"

A Miril venne l'impulso di affermare la propria identità, ma rammentò quanto avesse lottato in quei giorni per tenerla segreta.

Lanciò altre due stoccate, parate prontamente dall'altra.

"Se non mi lasci uscire di qui dovrò ucciderti!" la minacciò la sacerdotessa.

"Sicura di riuscirci?"

La sua copia di colpo l'attaccò con inaudita ferocia, con una veloce e precisa sequenza di fendenti sferrati dall'alto e dal basso.

Miril si sentiva una cosa sola con la propria spada ed era in grado di difendersi con grande efficacia, tuttavia i colpi non accennavano a fermarsi e fu costretta a indietreggiare fino a ritrovarsi spalle al muro.

Avvertì un nuovo influsso provenire dalla mano che stringeva la spada. Ferocia, bestialità, accanimento, forza, brutalità: sensazioni che si stavano via via impossessando del suo corpo. Si gettò in avanti, cogliendo la sua avversaria impreparata.

Tirò un fendente a mezza altezza, che ferì l'altra all'anca. Vide la tunica macchiarsi di sangue e proprio in quella frazione di secondo, la sua copia l'attaccò con un colpo che le lacerò la pelle sulla coscia.

Miril si guardò brevemente la ferita, come se appartenesse a qualcun altro. Non avvertiva alcun dolore e partì di nuovo all'attacco con rinnovata ferocia.

I suoi affondi erano inarrestabili. Per un attimo lesse la paura negli occhi della sua avversaria. Continuava a procurarle ferite con stoccate sempre più precise ed efficaci.

L'altra Miril, costretta a indietreggiare, non si avvide di una roccia che sporgeva dal suolo della caverna. La urtò con il tallone, inciampò e cadde a terra, perdendo la spada.

La sacerdotessa le si avventò sopra come una belva, puntandole la lama al collo e bloccandola a terra con un piede sul petto.

Devo sapere.

"Chi o cosa sei?"

L'altra non rispose.

Miril spinse leggermente la punta della spada sulla pelle, da cui fuoriuscì un rivolo di sangue.

"Rispondimi. È la tua ultima possibilità. Chi o cosa sei?"

"Sono la sacerdotessa Miril."

All'udire quelle parole affondò ancora di più la lama.

"Non so come tu faccia a conoscere il mio nome, ma non ho intenzione di perdere tempo a giocare con te. Per l'ultima volta, chi sei?"

"Te l'ho detto. Cos'altro vorresti sapere?" replicò la donna a terra, parlando a fatica.

“Allora morirai. Mi dispiace, ma devo uscire di qui il prima possibile.”

“Sono io che devo uscire di qui! Lasciami andare!”

Non devo sprecare altro tempo con lei! Se ucciderla era la sua unica salvezza, non doveva tergiversare. *Finiscila,* sentì sussurrare una voce dentro di sé.

Il dubbio si impossessò di lei. Era *lei* a voler togliere la vita alla sua avversaria o quella sete di morte era alimentata dalla spada? Benché quello non fosse proprio il momento adatto, Miril provò l’impulso di gettarla via.

La donna a terra approfittò della sua distrazione, sferrandole un calcio alla caviglia e facendole così perdere l’equilibrio. Miril cadde al suolo, mantenendo però la presa sulla spada. La sua avversaria si rimise in piedi con agilità e le tirò un altro calcio secco sul polso, costringendola a mollare la spada, che scivolò poco distante.

Prima che la sacerdotessa potesse reagire, l’altra le indirizzò un terzo calcio direttamente al viso.

Questa volta Miril accusò il colpo. La nuca sbatté con violenza sul pavimento di roccia e per poco non perse i sensi.

La sua copia le si gettò addosso, con gli stinchi le bloccò le braccia, premette con le cosce sul suo petto e con i pugni iniziò a colpirla in faccia.

Miril, come ultimo disperato tentativo, lasciò il proprio corpo e si insinuò nella mente dell’avversaria. Ne lesse le sensazioni di furore, sete di sangue, violenza. E, con orrore, percepì il suo desiderio di uscire da lì. Voleva terminare il combattimento il prima possibile per andare da Lil. Ma come faceva a conoscerla?

Si calò nei suoi ricordi, scoprendo che erano identici ai suoi. Il dubbio che quella creatura fosse effettivamente se stessa le gelò il sangue. Poi, riflesso negli occhi della donna, vide il suo viso ridotto a una maschera di sangue. Non c’era più tempo. Realizzò che non poteva combatterla attraverso la sua mente, perché se aveva i suoi stessi ricordi aveva anche le medesime conoscenze in fatto di protezione e di difesa.

Ma, forse, aveva ancora un residuo della sua stessa compassione.

Si lasciò risucchiare nel proprio corpo e fu subito sopraffatta dalle sensazioni del dolore fisico.

“Ti prego, salvami, Miril. Io sono te…” riuscì a dire.

L'altra donna smise di prenderla a pugni. Tutt'a un tratto sembrava incerta, turbata, come se stesse riflettendo su quanto appena udito.

La sacerdotessa colse al volo quel momento di esitazione.

Con uno sforzo immane ruotò il corpo di centottanta gradi. La sua avversaria, che non se l'aspettava, cadde di lato e cercò subito di riafferrarla. Miril fu però più agile e veloce di lei. Spingendosi con i piedi strisciò verso la spada, caduta poco più in là, la impugnò e, quasi senza vedere dove colpiva, con un gesto disperato la fece roteare nell'aria.

Ancora una volta le parve di assistere alla scena come se il tempo si dilatasse.

Il capo dell'altra Miril, reciso di netto, sembrò per un attimo voler rimanere attaccato al collo, con una collana di sangue disegnata tutt'attorno. Poi scivolò a terra e anche il resto del corpo crollò sul pavimento.

Miril osservò con orrore quello scempio. Non aveva ucciso la sua avversaria, ma una parte di sé.

Si impose di gettare via la spada ma non appena la vide a terra, avvertì il bisogno impellente di riprenderla in mano. Tuttavia, il corpo decapitato lì accanto bastò a dissuaderla.

Voleva fuggire. Si girò verso l'apertura della caverna, cercando l'aria, la libertà, il cielo azzurro: non vide altro, però, che un nutrito gruppo di soldati armati.

Capitolo 5 – Lil

REGNO DI ISK
2.000 ANNI PRIMA

"E poi? Cosa le avete fatto?" chiese Lil, pallida in viso, con un filo di voce.

Romur proruppe in una fragorosa risata.

"Oh oh... sembri molto dispiaciuta per quella *sconosciuta*!"

Lil tacque. La visione delle prove micidiali alle quali era stata sottoposta Miril le aveva spezzato il cuore.

"Non potevamo riunirvi, perché quel demente del capitano della guardia sosteneva che tu fossi in fin di vita e che non saresti sopravvissuta al viaggio. Così ho cercato di estorcere in tutti i modi alla tua amica delle risposte sulla vostra identità, ma lei... nulla! Oh... se sapessi quanto filo da torcere ci ha dato! Era addirittura riuscita a fuggire! Inizialmente non mi ero accorto dei vostri poteri di controllo mentale e lei è stata molto furba. Ha atteso il momento giusto, è riuscita a farsi aprire la cella e una dopo l'altra ha sottomesso tutte le guardie. Ma anche una maga come lei, soprattutto se ferita, non può nulla contro un intero battaglione e il re per fortuna ci tiene ad avere il Palazzo ben presidiato. Purtroppo, proprio quando ero certo di aver trovato un buon modo per farla parlare, il sovrano ha deciso che era giunto il momento di offrire un bello spettacolo ai nobili. È stato un vero peccato... Quando poi ho saputo che per colpa della rivolta di quei bifolchi rischiavo di perdere anche te, ho voluto accertarmi di persona che giungessi a palazzo *sana e salva*," spiegò il mago, sottolineando le ultime tre parole con un sorrisino sadico e mellifluo.

"Dov'è ora?"

Ghignando per la soddisfazione, Romur rispose: "Bene, bene... dunque, come vedi non è morta, però ora sai quanto possiamo farla soffrire se vogliamo. Allora... mi diresti qualcosina su di voi se ti prometto di portarti da lei?"

Quell'uomo le appariva ributtante. Fissandola con uno sguardo sadico e perverso, spostava di continuo l'attenzione dai suoi seni ai fianchi, dalle sue gambe al viso. Lil lo trovava disgustoso.

Era stato un errore lasciare che la vedesse tanto scossa, perché nella sofferenza altrui lui ci sguazzava. No, non si sarebbe più lasciata provocare. E non si degnò nemmeno di rispondergli.
"Ma che sgarbata!" commentò Romur dinanzi al suo silenzio. "Mi aspettavo almeno un ringraziamento per averti mostrato la tua amichetta e invece guarda come mi ricambi! Bene, allora vediamo di risolvere la questione in altro modo." Rivolgendosi a un soldato, aggiunse: "Tu, va' a prendere le bisacce sul mio cavallo."
Il giovane raggiunse l'animale, prese le borse e, gettando un'occhiata preoccupata all'indirizzo di Lil, le portò al mago, che si sedette su una roccia e ne estrasse una coppa di legno, nella quale lasciò cadere varie polveri, funghetti essiccati, alcuni insetti e innumerevoli altre sostanze che Lil non conosceva. Con il pestello schiacciò e amalgamò il tutto e infine aggiunse qualche goccia del liquido di una boccetta.
Si alzò in piedi e avanzò verso la ragazza, sollevando la coppa per avvicinargliela al viso.
"Ora bevi, coraggio, vedrai che ti aiuterà a sciogliere la lingua."
Lei rimase ostinatamente con le labbra serrate.
"Puoi decidere di berla di tua spontanea volontà oppure possiamo obbligarti, scegli tu," la minacciò Romur. "Solo che nel secondo caso potrebbe essere molto più doloroso!"
Lil non replicò.
"Voi due," tuonò il mago, "venite qui!"
I soldati di malavoglia raggiunsero Romur, il quale ordinò loro: "Tu tienile ferma la testa e tu chiudile le narici."
Detto questo, si mise in posizione tenendo la coppa di legno all'altezza del viso della fanciulla.
Lil dimenò il capo, cercando di divincolarsi dalla stretta dei due uomini, i quali tuttavia riuscirono a bloccarla.
"E stai ferma!" la rimproverò il soldato che le stringeva le narici tra le dita.
Lil si sentì uscire dal corpo ed entrare nella mente del giovane, ma il tocco di Romur sulla sua fronte la riportò bruscamente indietro: "Eh no! Fai la brava! Forza, ragazzi, un po' di impegno!"
Resistette quanto più a lungo poté ma alla fine l'impellente bisogno di ossigeno ebbe la meglio. Il mago fu lesto nel versarle il liquido tra le labbra. Lil tossì, cercò di sputarlo fuori, ma i due soldati le tennero bloccata la mascella spingendo da un lato sul capo e dall'altro sul

mento, e le serrarono le labbra con una mano. Fu costretta a ingoiare e finalmente le fu concesso di respirare.

Il cielo mutò dall'azzurro a un'infinità di sfumature viola con nuvole nere che lo attraversavano veloci come cavalli al galoppo.

Lil, angosciata da quella visione, chiuse e sollevò più volte le palpebre, senza riuscire a sottrarvisi.

I soldati le si avvicinarono, disponendosi in cerchio. Fissandola, iniziarono a ridere in modo osceno. Alcuni bevevano, altri gozzovigliavano.

Il cielo divenne sempre più scuro. Calò rapidamente la notte e di fronte a lei vennero portate delle tavole di legno, che furono poi accatastate a forma di pira. Venne acceso un gigantesco falò.

I soldati ballavano intorno alle fiamme, muovendosi con gesti primitivi, scatenandosi, atteggiandosi in pose oscene e continuando nel frattempo a bere.

A ogni giro attorno al fuoco si voltavano a guardarla, ridendo di lei, schernendola e indirizzandole gesti volgari.

Lil si rese conto di essere nuda.

Avrebbe voluto coprirsi, ma le mani legate dietro la schiena le impedivano qualsiasi movimento.

Quando rialzò gli occhi, realizzò che anche i soldati erano nudi.

Iniziarono a strofinarsi gli uni contro gli altri, mimando atti osceni.

Due di loro le si avvicinarono.

Uno si chinò ai piedi dell'altro, gli prese il pene in erezione tra le labbra e cominciò a muovere la testa avanti e indietro.

Disgustata, Lil provò a chiudere gli occhi, ma le palpebre si rifiutarono di abbassarsi.

Distolse allora lo sguardo, anche se ovunque lo posasse si ritrovava ad assistere alla stessa scena.

Sempre più scatenati, i soldati iniziarono ad accoppiarsi assumendo pose animali.

Lil alzò gli occhi al cielo, ma subito dopo si sentì sfiorare il mento.

"E ora tocca a te," cantilenò Romur, accarezzandola.

Sconvolta, lo vide saltellare via. La metà superiore del corpo era ancora umana, mentre in quella inferiore le gambe avevano lasciato il posto a delle zampe di animale. Lo seguì mentre si allontanava, finché non si accorse che gli uomini si erano fermati di colpo. La osservavano.

Dopo pochi secondi si mossero tutti contemporaneamente verso di lei, camminando con i membri eretti, gli sguardi risoluti.
I primi a raggiungerla le bloccarono braccia, gambe e viso, facendole male.
“Parla,” tuonò Romur, ricomparso di fronte a lei. "Chi sei? Cosa sei venuta a fare qui?”
Lil non rispose.
I soldati, esercitando una forte pressione sulle sue spalle, la fecero cadere a terra. La moltitudine di membri eretti le premeva sul capo, sul viso e sulle spalle.
“Parla, ora! Chi sei?” sbottò ancora il mago, con una voce che le rimbombò nella mente.
Lil rimase ancora in silenzio, nonostante tutto sempre più ostinata, e improvvisamente la pressione dei soldati si attenuò.
Un uomo con una lunga barba nera, vestito con cappello e abiti marroni, si fece largo tra la folla, fischiettando.
Gli uomini si scostarono per farlo passare, bisbigliando tra loro.
“È arrivato il falegname,” sentì dire da qualcuno sottovoce.
“Ora vedrà, quella sgualdrina!” gli fece eco un altro.
“Oh oh... ora sì che ci divertiamo!” commentò un terzo.
L’uomo teneva in una mano una sega e nell’altra un’accetta.
“Da dove volete che cominci?” chiese a Romur in tono neutro.
Il mago si sfregò il mento con le dita e studiò Lil attentamente. “Vediamo... facciamo la mano sinistra?” propose.
“Come desiderate!”
Romur rivolse un’occhiata ai soldati e un gruppo di questi, tornati a indossare i vestiti, si avvicinò a Lil, bloccandole il braccio.
Il falegname la squadrava con occhio clinico. “Tenetelo ben fermo qui e qui” si raccomandò, indicando muscolo e avambraccio.
Lil cercò di dimenarsi con tutte le sue forze, ma era immobilizzata da decine di mani.
Romur si allontanò per tornare subito dopo con un tizzone acceso.
Il falegname posò la sega, afferrò l’accetta con entrambe le mani e si voltò verso il mago.
“È la tua ultima possibilità di mantenere intatta la tua bellezza. Dopo, rimarrai sfigurata per il resto della tua esistenza. Dimmi: chi sei? Chi è la tua amica? Cosa ci fate qui?”
Lil voleva piangere, ma non le uscivano lacrime dagli occhi.
Romur fece un cenno al taglialegna, che sollevò l’accetta in aria.

La ragazza fece del suo meglio per convincersi di trovarsi in un sogno, che tutto quello che stava vivendo non era reale. Rammentò la pozione che era stata costretta a bere. *È solo un'allucinazione,* pensò.

Ma quando l'accetta calò sul suo gomito, il dolore fu così tremendo, pieno e totale, che capì che quella era la realtà.

Con orrore, Lil abbassò gli occhi. Mano e avambraccio giacevano a terra, vicino alla sua gamba.

Era sconvolta e fuori di sé dalla disperazione, che aveva invaso ogni più recondito angolo del suo essere.

Guardò terrorizzata Romur e il taglialegna, che osservavano con interesse la ferita.

"Sì, bel taglio, meglio dell'ultima volta!" commentò serio il mago.

L'ultima volta? Anche a Miril è toccata una sorte simile? Oh dei! In che luogo siamo capitate? Oh dei, dei, dei!

"Concordo... molto preciso," convenne il falegname con aria soddisfatta.

Lil guardò il sangue zampillare dall'arto reciso.

Perché non sono svenuta? Perché resisto a questo orrore? Avrebbe voluto morire, fuggire da tutte quelle oscenità, ma non riusciva a piangere, né a chiudere gli occhi, né a perdere conoscenza.

"Giovane maga," la apostrofò Romur, gentilmente "potrebbe farti un po' male ora, ma è necessario. Cerca di resistere."

Il mago avanzò impugnando un tizzone ardente, che avvicinò lentamente alla ferita.

Lil si ribellò, ma la stretta degli uomini era implacabile.

Romur tenne il pezzo di legno in prossimità del taglio. "Coraggio, vedrai che sopravvivrai anche a questo. Sei una brava ragazza. Ah... dimenticavo... per caso vuoi dirmi qualcosa?"

Attese qualche secondo, poi aggiunse: "Pazienza!" Fece un segno con le dita in direzione del suo viso e con forza le premette il tizzone infuocato contro la ferita. Il dolore che seguì, se possibile, fu ancora superiore a quello dell'amputazione. Le invase completamente il corpo e la mente. Ogni nervo le si irrigidì. Il cuore le parve esplodere nel petto. La mente si sovraccaricò di dolore. Lil sentì il senno della ragione venirle meno mentre scivolava rapidamente in uno stato di follia.

Il mago continuava a spingere il legno sulla ferita.

Lil avrebbe voluto urlare con tutto il fiato che le era rimasto in gola, ma non aveva più la bocca, le labbra erano serrate, Romur gliele aveva cucite con la sua magia.

Cedette. Non avrebbe sopportato oltre quell'orrore.

Il tizzone fu allontanato dalla ferita, che urlava tutto il suo dolore.

Lil giacque, stremata e priva di ogni residuo di energia.

Una mano le accarezzò gentilmente il viso.

"Forse dobbiamo parlare, che ne dici?"

Lil, docilmente, annuì.

Capitolo 6 – Miril

PALAZZO REALE DI ARDIS, ISK
2.000 ANNI PRIMA

Persa nel buio pesto della propria cella, Miril udì una serie di passi avvicinarsi. Delle chiavi furono inserite nella toppa. Poiché la cella era poco più alta di un metro, non poteva alzarsi in piedi, perciò si accovacciò sulle ginocchia, pronta a fuggire. La luce di una fiaccola le ferì gli occhi, ma, con le palpebre socchiuse, riuscì ugualmente a scattare in avanti, subito immobilizzata da mani forti e maschili.

"Non avrei *mai* pensato di rivederci," esordì Romur con una nota beffarda nella voce, "ma mi fa molto piacere."

Miril aprì lentamente gli occhi. Vide il mago fare un cenno ai soldati che la tenevano per le braccia. Questi si mossero, trascinandola con sé.

"Sai," riprese, "quando mi è stato ordinato di sottoporti alle prove mi è davvero dispiaciuto. Eh sì... una risorsa tanto preziosa... Chissà cosa avrei potuto estorcerti! E devo ammettere di essere rimasto profondamente affascinato dalla tua astuzia durante la prigionia! Prima con grande cura hai tenuto nascosti i tuoi poteri, poi li hai usati sulle guardie al momento giusto. Ma, vedi, da questo Palazzo persino una dea avrebbe difficoltà a fuggire... Alla fine, il sovrano, venuto a conoscenza della tua bravura e dei tuoi sforzi, ha deciso di sfruttare le tue doti per intrattenere la corte. Ho temporeggiato finché ho potuto, poi, quando finalmente ho avuto tra le mani la tua amichetta, sono stato costretto a cedere alle sue insistenze. Comunque complimenti! Brava! A memoria d'uomo non si ricorda nessuno che sia sopravvissuto muovendosi con tanta abilità. E la corte! Se sapessi con che stupore e ammirazione sono state accolte le tue gesta! Non fanno che parlarne. Ad ogni modo, ora sei qui. E… insomma… devi aiutarmi a risolvere un piccolo problema. La tua amichetta alla fine ha confessato, ma purtroppo... con la testa... non è più tanto in sé... Viaggi nel tempo, un'isola, il tempio, il marito. Si è inventata delle cose un po' particolari. Le ho provate tutte, ma temo che abbia perso il contatto con la realtà. Ho cercato di prendermi cura di lei, anche se ho paura che sia colpa mia: forse all'inizio ho un po' esagerato con i dosaggi. Ora mi resti solo tu. Sei l'unica che possa riportarla indietro. Sarebbe un vero peccato, per me e per te, se la perdessimo del tutto. A quel punto dovrei forzare la mano anche con te. Ma non preoccuparti, credo di aver capito come correggere la pozione."

Romur alzò una mano. I soldati smisero di avanzare.

Miril non lasciò trasparire il minimo turbamento. Lil era viva. Questa era la sola cosa che contava. Tutto era ancora possibile. Le parole del mago avevano lo scopo di trafiggerle il cuore, ma la sopravvivenza della sua amata era più importante di tutto il resto.

Romur le si avvicinò

"Bada bene, Miril." Sorrise. "Eh sì, ora so anche il tuo nome..." Poi, di nuovo serio, continuò: "Attenta: se tenti uno dei tuoi trucchetti, se vedo uno qualsiasi dei miei soldati comportarsi in modo strano, se noto qualcosa che non mi piace, la tua amica muore prima ancora che tu abbia il tempo di fiatare. Farai ciò che ti dico io o il dolore che ho inflitto a lei sarà nulla in confronto a quello che riserverò a te!"

La sacerdotessa rimase impassibile.

Romur sorrise soddisfatto, fece un nuovo cenno ai soldati e il gruppo riprese il cammino.

Percorsero numerosi cunicoli, scesero per diverse scale a chiocciola e attraversarono molte porte spesse e pesanti. Talora Miril riusciva a scorgere dalle finestre alcuni sprazzi di cielo o di mare, le mura esterne, i cortili del Palazzo, anche se non conosceva sufficientemente bene l'edificio per potersi orientare. Avrebbe voluto involarsi in un viaggio astrale, ma non le era possibile farlo in movimento e non ne era stata in grado neppure durante la detenzione in cella.

Quel luogo era sigillato da protezioni magiche molto potenti. Che fosse il suo carceriere la fonte di un simile potere? Ne dubitava. Aveva più l'impressione che quelle difese fossero di origine molto più antica.

Dalle leggende che aveva studiato sui vecchi tomi che il suo popolo aveva portato con sé e custodito nel Tempio, Miril aveva sempre ricavato l'idea che la sua razza fosse depositaria di conoscenze magiche molto più vaste di quelle che i sacerdoti erano in grado di tramandare da una generazione all'altra.

Che alcune forze nel Palazzo risalissero addirittura all'epoca in cui dei e uomini avevano ancora un forte collegamento?

Spesso si era chiesta se quel periodo fosse solo un mito senza fondamento o se fosse realmente esistito. Eppure, il contatto con l'elsa della spada e molte altre vibrazioni che avvertiva in quel luogo la spingevano a indagare oltre. Avrebbe voluto poter girare liberamente nel Palazzo per scoprire qualcosa di più, ma purtroppo non le era ancora stato possibile e non sapeva se ne avrebbe avuto il tempo.

Gli dei... Era sempre stata convinta che la sua devozione fosse ripagata dalla loro protezione, ma ora si rendeva conto che erano ben altre le prove che le era richiesto di affrontare. *Il mio popolo è stato sterminato. E adesso ogni cosa sembra essere perduta. Che sia colpa mia? Che abbia perso il mio legame con loro? Che mi sia sbagliata?*

Il flusso dei suoi pensieri si interruppe quando giunsero dinanzi a una porta chiusa. Miril notò che si trovavano in un'area del Palazzo parecchio trasandata, con il corridoio coperto di polvere, sudiciume e ragnatele. Avevano camminato a lungo. Probabilmente l'intento di Romur era tenere lei e Lil il più lontane possibile. Non doveva essere del tutto sicuro del potere che era in grado di esercitare su di loro. In quel momento però, l'unico desiderio di Miril era di fiondarsi dentro il locale per abbracciare l'amica.

Dopo che un soldato, su ordine del mago, ebbe aperto la porta, la sacerdotessa scorse una stanza poco illuminata, con un pagliericcio a terra. *Almeno la tengono alla luce...* Tuttavia, era chiaro che nessuno si era preso cura della pulizia della cella. Le si strinse il cuore al pensiero che anche Lil fosse tenuta prigioniera in simili condizioni.

I soldati entrarono, disponendosi in cerchio contro le pareti. A Miril non sfuggirono i sorrisini che alcuni di loro si scambiarono. Fu poi la volta di Romur e infine toccò a lei, scortata dai due militari, che continuarono a tenerla per le braccia.

Lil giaceva al centro della stanza, visibilmente disorientata, confusa e preoccupata. Si guardava attorno, fissando uno ad uno i soldati che la circondavano. Con una certa fatica e facendo leva solo sulla mano destra, si tirò sulle ginocchia e, avanzando gattoni, si avvicinò a uno di loro, il quale, al vederla sollevare una mano verso di lui, si lasciò sfuggire un ghigno compiaciuto.

Romur, indispettito e seccato, tuonò: "Lil, cosa stai facendo?"

La ragazza sobbalzò. Si voltò verso il mago e, ansimando, rispose: "Farò... Farò quello che desiderate. Cercherò di soddisfarvi tutti. Vi prego, non picchiatemi," implorò.

Romur si rivolse come una furia verso un soldato: "Capitano! Non erano stati sufficientemente chiari i miei ordini?"

"Certo, Maestro. Ma... dev'essersi trattato di un caso isolato. Di notte... forse... qualcuno..."

"E se non siete in grado di far rispettare gli ordini, a cosa servite?" sbottò ancora il mago, la cui voce, rimbalzando sulle pareti, suonò ancora più minacciosa.

Il capitano, un uomo con i capelli neri e riccioluti e le basette così lunghe che quasi arrivavano a toccarsi sul mento, rimase in silenzio, imbarazzato, indirizzando uno sguardo truce ai propri sottoposti.

Lil, intanto, stava allungando la mano verso la patta dei pantaloni del soldato, che a quel punto aveva tutta l'aria di voler scomparire nel muro dietro di sé.

"Lil," sibilò Romur a denti stretti, "fermati! È un ordine! Ora farai solo quello che dico io!"

La fanciulla si girò verso di lui con aria assente e abbassò lo sguardo: "Come desiderate, Maestro."

Miril non riusciva a credere ai propri occhi. L'espressione sul volto di Lil era vacua, quasi spenta, e lasciava trasparire un'infinita tristezza. La ragazza, che si era sempre presa cura di sé, appariva trasandata, con i capelli sudici e spettinati, e sporca in viso. *Lil, cosa ti è accaduto?*

Quella non era più la sua amica. Miril rivoleva indietro la giovane donna di cui si era innamorata. Avrebbe fatto qualsiasi cosa affinché la luce tornasse di nuovo nel suo spirito.

Riesci a sentirmi? le comunicò telepaticamente.

Per la prima volta Lil parve accorgersi di lei.

Piegò la testa di lato e chiese: "Chi sei?"

Sono Miril, la sacerdotessa, siamo venute qui insieme.

Romur osservava la scena con grande interesse.

Lil scosse più volte il capo e si batté ripetutamente il palmo della mano destra sulla tempia.

"Sento... sento qualcosa. Cosa mi stai facendo?" le domandò con rabbia.

Lil, sono Miril e sono venuta a salvarti. Ti porterò via. Possiamo farcela.

La fanciulla scoppiò a ridere, una risata isterica e animalesca. *Tu vuoi portarmi via? Non sei arrivata un po' tardi?* ironizzò.

Il cuore della sacerdotessa ebbe un sussulto. *Allora riesci a sentirmi?*

Sì, mi dai fastidio alla testa. È una sensazione orrenda...

Miril vide con la coda dell'occhio che Romur si era accorto del loro dialogo telepatico, ma non le importava. La priorità era un'altra.

Perdonami, Lil, avrei voluto ritrovarti prima. Ma sono stata chiusa in una cella. Ho fatto di tutto per uscire, ma c'erano troppe guardie e le protezioni magiche erano troppo forti perché potessi liberarmi.

Oh... dev'essere stato terribile... Poverina! la canzonò Lil, mostrando un'espressione di puro astio nei suoi confronti.

Lil, ricordi chi sono?

Mmh... fammi pensare. Una che dice di volermi salvare, ma che probabilmente è solo qui per infliggermi altre torture?

Lil, cosa dici? Io, torturarti? Come puoi pensare una cosa simile?

Senti... me l'hanno già fatto questo giochino... E non sei certo la prima donna che passa da queste parti... Avanti... dimmi come vuoi che ti soddisfi e lo farò. Prima finiamo e prima mi libero anche di questi qui.

Lil! Sono la sacerdotessa Miril, colei che ti ha seguito nel tuo percorso di iniziazione, che ti ama, e tu sei la sacerdotessa Lil, devota al dio Nibielaz, venuta qui con me per ricucire il tessuto temporale strappato.

Nibielaz...

Esatto... ricordi... quel giorno... il giorno della tua iniziazione, quando l'energia ha cominciato a fluire dentro di te?

È tutto così confuso... sì, forse ricordo... era prima che... quando avevo ancora la mano.

Ma come? Tu hai ancora le mani!

Questa sì, rispose Lil, alzando la destra, *ma qui cosa vedi?* le domandò sollevando la sinistra.

Vedo l'altra tua mano!

La ragazza ghignò. *Allora sei ancora più pazza di me. Io ne ho solo una!*

Ma non è vero! Le hai entrambe! Chi ti ha fatto credere una cosa del genere?

"Non ho più la mano!" gridò Lil con quanto fiato aveva in gola, "Ed è tutta colpa tua!"

Miril sentì quelle urla fin nelle ossa, ma non badò al dolore che le procurarono e si gettò in avanti, verso la sua amata. I soldati scattarono per riprenderla, ma Romur, con un cenno, fece loro segno di fermarsi.

Lil si ritrasse. Miril cercò di bloccarle le braccia, sotto lo sguardo attento del mago: "Mi hai abbandonata, hai lasciato che mi torturassero, che mi mutilassero, che abusassero di me. E intanto tu dov'eri?"

La sacerdotessa le bloccò il braccio sinistro con una mano e con l'altra prese quella dell'amica.

Questa è la tua mano! Lo senti il mio tocco?

Lil si acquietò. *Sì, ora lo sento, ma...*

Miril posò le labbra sul palmo dell'amica, la quale lì per lì rimase immobile, poi scoppiò a piangere e la abbracciò con forza, selvaggiamente.

Ora ricordi, Lil?

La ragazza era ancora confusa, ma una luce parve finalmente brillarle negli occhi.

Oh sì, Miril. Perdonami! Non volevo dire quelle cose. Non hai idea di cosa abbia passato, di quel che mi hanno fatto. Io... io...

Lo so, ma ora ti porterò via. Finalmente usciremo di qui, insieme.

La sacerdotessa avvicinò le labbra a quelle di Lil, sentendo il sapore delle lacrime mescolarsi alla saliva. Si alzò in piedi. *Adesso aiutami. Siamo insieme e non potranno più...*

Un forte colpo alla schiena la scaraventò a terra. Avvertì un piede premerle sui lombari.

"Ora ricordo, Maestro. Ricordo chi sono io e chi è questa sgualdrina," disse Lil con voce ferma, rivolta a Romur.

Miril sollevò lo sguardò e scorse l'espressione del mago, che sorrideva compiaciuto.

Lil, che cosa...?

Non preoccuparti!

Cosa stai facendo?

Sto facendo la mia scelta.

"Maestro," riprese, rivolgendosi a Romur, "ti ringrazio per avermi liberata. Ora ricordo tutto. So chi è questa donna. Rammento cosa mi ha fatto. Ti racconterò ogni cosa, non avrò più segreti. E mi affiderò al tuo volere."

Lil, non...

Taci, ho preso la mia decisione! E non sono più la tua amichetta! Non hai saputo proteggere il Tempio, l'isola, il nostro popolo. Sei la causa di tutto. E mi hai portato via mio marito. Ora sarò io a decidere il mio destino!

Lil, ma come puoi...

“Maestro, desidero mettervi a parte di ogni cosa. Vi prego, ascoltate quello che ho da dirvi e, se lo riterrete opportuno, aiutatemi a porre fine alla sofferenza generata da questa donna.”

Romur fece un cenno a due soldati, che si diressero verso Miril e la costrinsero ad alzarsi, afferrandola per le braccia.

“Ora udirete una storia,” proseguì Lil, “che avrei dovuto raccontarvi molto prima. Purtroppo ero ancora sotto la sua nefasta influenza, ma adesso sono finalmente libera di dirvi tutto ciò che volete sapere.

Vedete, lei è una maga molto potente e temuta. Non so quanto disti la terra dove vivevamo, perché non mi è ben chiaro quale maleficio abbia usato per portarci qui, tuttavia posso affermare che è sicuramente a Sud, perché lì faceva molto più caldo.

Lei viveva isolata dal resto della comunità. Non aveva né amici né un compagno. Sebbene la sua abitazione si trovasse all’interno del villaggio, nessuno intesseva rapporti sociali con lei e gli unici che la degnavano di una certa attenzione erano i ragazzi, che a volte insudiciavano le mura di casa sua. Sfortunatamente…” Lil si portò la mano alla fronte, “la sorte volle che lei posasse gli occhi proprio su di me. Di tante giovani ragazze presenti nel villaggio, ahimè, fui proprio io a cadere vittima delle sue mire.

A quel tempo io ero sposata. Mio marito e io avevamo un figlio. Ma per colpa sua, ho perso tutto.”

Lil cadde sulle ginocchia, in lacrime, coprendosi il viso con le mani. Dopo qualche secondo si rialzò e riprese il racconto.

“Questa donna mi attirò a sé con gentilezze di ogni tipo. Mi fece credere che la gente del villaggio si sbagliava sul suo conto. Mi aspettava dietro i vicoli, mi aiutava a portare le ceste e poi, quando mio marito era al lavoro, prese a frequentare la mia casa. Divenne sempre più insistente e iniziò a lamentarsi che non le davo abbastanza attenzioni. Cominciai a temerla, a desiderare che si allontanasse dalla mia vita, ma lei nulla, faceva di tutto per controllarmi.”

Lil, ma cosa stai dicendo?

La verità fa male, vero?

Lo sguardo di Romur passava dal viso rabbioso della ragazza a quello esterrefatto di Miril.

“Maestro, lei non vuole che racconti nulla, ma voi invece dovete sapere… Quando le chiesi di uscire dalla mia vita, lei mi obbligò a… oh, è stato orrendo!”

Lil cadde nuovamente a terra. Fece per rialzarsi, ma era troppo debole. Romur fece cenno a un soldato, che la raggiunse e l'aiutò a rimettersi in piedi.

"Mi obbligò a giacere con lei!" confessò infine, rivolgendo uno sguardo d'odio furente all'indirizzo di Miril.

Il mago e diversi soldati assunsero un'espressione ancora più interessata.

"Mi costrinse a giacere con lei e più lo facevamo più ne voleva... Dovetti soddisfarla, farla godere ed esaudire ogni suo capriccio. Ma lei non mantenne la promessa, anzi, pretese che fossi soltanto sua. Iniziò a dire oscenità nei confronti di mio marito e, quando infine le chiesi di sparire per sempre dalla mia vita, rispose che non l'avrebbe mai fatto, che ormai appartenevo a lei e che... dovevo liberarmi di lui!"

Lil scoppiò di nuovo a piangere, e tra i singhiozzi lanciò a Miril l'ennesima occhiataccia carica d'odio.

"E poi," domandò Romur, "cosa accadde?"

"Continuò a tormentarmi e non accettò rifiuti da parte mia. Disse che dovevamo sbarazzarci di mio marito, che non avrebbe più sopportato di passare la notte da sola. Dovevo essere sua e, se non avessi acconsentito, avrei dovuto pagare con la peggiore delle punizioni."

Si rivolse direttamente a Miril. "Come hai potuto? Come hai potuto abusare fino a tal punto dei tuoi poteri?"

Lil, cosa stai facendo?

Per te è finita... Non mi farò mai più raggirare da te!

"Maestro, mi minacciò di far del male a mio figlio, capite? Al sangue del mio sangue! Mi giurò che, se non avessi tolto di mezzo mio marito, lei si sarebbe vendicata sul nostro bambino.

Io ero disperata, non sapevo che fare, ma non potevo lasciare che uccidesse la mia creatura. Tutti nel paese erano a conoscenza dei suoi poteri. Tutti la temevano. Sapevo che non avrei trovato aiuto da nessuna parte. Così ho ceduto. Oh sì, ho ceduto e... dovete perdonarmi."

Lil si avvicinò a Romur, con le mani unite sul petto.

"Dovete perdonarmi, vi prego. È anche per questo che sentivo di non poter rivelarvi chi siamo e da dove veniamo, perché ciò che ho fatto è contro le leggi degli uomini e degli dei.

A quel punto, volevo solo che finisse tutto al più presto. Le spiegai che non avrei mai avuto il coraggio di uccidere mio marito, ma lei mi rassicurò offrendosi di farlo al posto mio se l'avessi aiutata.

Una sera, questa strega rimase nascosta nella nostra casa. A mio marito piaceva bere molto durante la cena e avevamo pensato che quello potesse essere il momento ideale. Così, finito di mangiare, portai mio figlio a letto e, quando si fu addormentato, tornai da lui e gli tenni compagnia mentre beveva.

Non fu difficile fargli consumare più vino del solito e ben presto crollò sul tavolo. A quel punto andai ad aprire il ripostiglio dove Miril si era nascosta. Pensavo che avrebbe usato i suoi poteri oscuri, invece prese un coltello e… oh dei… gli tagliò la gola nel sonno. Lui non emise neppure un gemito. Il sangue iniziò a colare giù dal tavolo. Sembrava che il tempo si fosse fermato, finché non udii un rumore dietro di noi. Mio figlio era in piedi, fermo sulla soglia della stanza, e guardava il padre morto. Quando gli andai incontro, lui si mise a urlare così forte che mi sentii scoppiare i timpani. Corse verso la porta d'ingresso. Quando vidi Miril dirigersi verso di lui con il coltello in mano, pensai soltanto a proteggerlo. Mi gettai sulla strega, placcandola e buttandola a terra. Lei cercava di divincolarsi, ma in quel momento io ero più forte. In strada mio figlio gridava: 'Aiuto, aiuto, hanno ucciso mio papà. La strega ha ucciso mio papà'. Miril smise di lottare e mi disse che dovevamo fuggire, altrimenti ci avrebbero impiccate. Attraverso la finestra potevamo già scorgere diversi lumi e, poco dopo, i vicini, armati di forcone, si affacciarono sulla soglia di casa. Così questa donna mi prese per mano, pronunciò delle strane parole in una lingua sconosciuta e, di colpo, ci siamo ritrovate qui, in questa terra."

Lil si fermò per riprendere fiato, con gli occhi rossi e il viso bagnato di lacrime, infine aggiunse: "Mio marito. Ha ucciso mio marito."

Perse l'equilibrio e cadde in avanti, verso Romur, che ne arrestò la caduta sorreggendola per le spalle.

"Ora vi ho detto tutto. Dovete credermi. E dovete liberarvi di quella strega. Dovete farle pagare tutti i crimini che ha commesso. Farò tutto ciò che desiderate, Maestro. Sarò vostra per sempre, incondizionatamente, ma vi chiedo di liberare il mondo della sua presenza, per sempre."

Romur appariva dubbioso.

"So che non vi aspettavate una simile storia, ma, vi prego, leggete nella mia mente. Questa volta, per voi, sarò un libro aperto. Non userò più nessuna delle stregonerie che mi ha insegnato quella megera. Vi scongiuro, guardate voi stesso."

Gli prese la mano con gentilezza, portandosela sulla fronte.

Il mago appoggiò il palmo sulla pelle della fanciulla, che lo agevolò avvicinandoglisi ancora di più.

I soldati osservavano la scena sorpresi e rapiti.

Lil spostò lentamente la mano a sinistra, verso il cinturone di un soldato.

Grazie al collegamento telepatico con l'amica, Miril era in grado di capire quali ricordi stesse esplorando Romur. Il mago stava scorrendo ricordi frammentari: un marito morente, Lil e Miril che amoreggiavano, un villaggio. Tuttavia, molte cose non quadravano con il racconto della ragazza. C'era un tempio sotterraneo, dove si svolgevano degli splendidi rituali. Tra le due donne sembrava esserci puro amore. Romur continuò a esplorare. Entrambe si trovavano su un'isola. Più cose scopriva, più aumentava la sua curiosità.

Notando il movimento della mano di Lil, Miril trattenne il fiato. Comprese che era riuscita a isolare una parte della mente, aprendola all'esplorazione del mago. Lo stava solo illudendo. Ma come aveva fatto?

Lil, muovendosi con estrema rapidità, estrasse il pugnale dalla fodera del soldato, lo sollevò all'altezza della gola del mago e gliela tagliò di netto.

La mano di Romur le scivolò via dalla fronte. Dalla gola il sangue zampillò sul viso di Lil, che arretrò verso il centro della stanza.

Il mago cadde sulle ginocchia, poi, con tutto il corpo, in avanti.

Capitolo 7 – Aleia

PALAZZO REALE DI ARDIS, ISK
PRESENTE

L'espressione sul viso delle due guardie non lasciava spazio a dubbi sui loro desideri.

Non bastavano le urla di Ilis, seppur attutite dagli spessi muri, a tormentarla, ci si mettevano anche le occhiate perverse e i risolini dei soldati. Era seduta a terra in un angolo della cella dove era rimasta chiusa per giorni. Poche ore prima, alcune mogli del defunto re Beanor, scortate dai soldati, erano venute a prepararla per l'esecuzione.

Milia si era stupita della cura e del tempo che le avevano dedicato. La regina evidentemente voleva che fosse al massimo della forma. Ma per quale motivo? Per offrire uno spettacolo degno di nota con il quale inaugurare il suo regno?

L'abbigliamento scelto le sembrava del tutto inadeguato: stivali neri, gonnellina corta, un busto che la copriva soltanto fino al seno, lasciando scoperte spalle e braccia.

Stava tremando dal freddo e per scaldarsi un po' si cinse le braccia con le mani.

"Oh, presto la nostra colombella smetterà di tremare," la provocò una delle due guardie, un uomo con i capelli lunghi e unti, quasi calvo sulla parte superiore del capo, con la barba incolta e i denti marci.

Avanzò verso Milia ma il suo compagno, una giovane recluta con i capelli castani, lo trattenne per un braccio: "Sei pazzo? Sai cosa succede se la tocchi?!"

L'altro si girò, fissò la mano del soldato sul suo polso e si divincolò in malo modo: "Maledette donne! Ora decidono tutto loro. Finché c'era il re, una prigioniera era una prigioniera e serviva solo per essere scopata!"

Il giovane, visibilmente preoccupato, si voltò verso l'ingresso, temendo che qualcuno potesse udirli.

Quando, poco dopo, la porta si aprì lasciando entrare una donna in uniforme, entrambi sbiancarono.

"Noi stavamo…" cominciò a spiegare la guardia più anziana.

"Andiamo," replicò la nuova venuta in tono secco, scoccando una rapida occhiata a Milia.

Le urla di Ilis erano cessate. Era stato giustiziato? Arso vivo sulla pira? Era già morto?

A Milia parve di non riuscire più a provare pena o pietà. Si sentiva apatica, lontana da tutto e da tutti. All'udire quelle grida di dolore aveva inizialmente ceduto a qualche attimo di commozione, ma poi le era venuto naturale estraniarsi, fingere di trovarsi altrove, quasi come se quella vita ormai non le appartenesse più.

Seguì le tre guardie, con i polsi legati da una corda tenuta all'altra estremità dal soldato più giovane.

Nei giorni precedenti aveva sentito alcuni di loro commentare i profondi cambiamenti che si erano succeduti a Palazzo.

Aleia aveva preso il posto di Beanor, senza incontrare la minima opposizione. Come prima cosa aveva rimpiazzato tutti i vertici del governo, dell'esercito e delle guardie reali, scegliendo quasi tutte donne. I soldati dicevano che il regno era nelle mani di un gruppo di lesbiche, ma quando i detrattori avevano iniziato a scomparire, le lamentele si erano ridotte a sommessi mugugni.

Giravano inoltre voci di ogni tipo, tra le quali ogni genere di fantasticherie sulle notti della regina e delle altre mogli del re.

Quelle chiacchiere tuttavia per lei avevano perso di interesse. Avrebbe soltanto voluto far ritorno alla sua famiglia e al ragazzo che l'aveva amata. Desiderava l'esistenza semplice di un tempo, ma sognare ormai era inutile: di lì a poco la sua vita avrebbe avuto fine, perciò non aveva senso darsi troppa pena.

Il freddo le era penetrato fin nelle ossa e le era venuta la pelle d'oca. Quando uscirono all'esterno, l'aria pungente si rivelò un vero tormento. Camminarono fino al portone principale del Palazzo, oltrepassato il quale Milia vide ciò che l'aspettava.

Su un'alta pedana si trovavano un tronco macchiato di sangue con una corda appesa e una pira ancora intatta. Poco distante sedeva la sovrana.

I capelli ramati erano raccolti in spirali intrecciate sul capo e arricchiti da gemme così brillanti da irradiare di luce l'aria circostante. Sul davanti portava una mezza corona d'oro tempestata di pietre preziose. L'abito verde era finemente addobbato con filamenti dorati.

Milia dovette ammettere che appariva raggiante. Quella donna, con la quale aveva lottato fin dall'inizio e che ora avrebbe ordinato la sua esecuzione, era davvero splendida e lei, in un certo senso, la invidiava.

Le guardie la condussero dinanzi al tronco insanguinato. Mentre annodavano la corda legata intorno ai suoi polsi con quella che penzolava sopra di lei, Milia guardò le macchie rosse di fronte a sé. Era davvero sangue? Sì, senza alcun dubbio, eppure lo osservò come qualcosa di distante, incapace di spaventarla come avrebbe fatto in altri momenti. Ebbe l'impulso di toccarlo per capire se fosse ancora caldo. Sapeva che probabilmente apparteneva a Ilis. Avrebbe dovuto essere terrorizzata, presto a quello del giovane mago si sarebbe aggiunto il suo. Invece si sentiva solo curiosa, con una punta di euforia. *Sto impazzendo... Sto per morire e il senno inizia ad abbandonarmi...*

Smise di esaminare il tronco e trovò il coraggio di alzare lo sguardo su ciò che più la preoccupava.

Passò in rassegna ai piedi della pedana le fila di nobili venuti ad assistere all'evento. Indossavano vestiti molto eleganti e dai colori sgargianti. Com'era possibile che non si accorgessero dell'assurdità di un simile abbigliamento? Che una pubblica esecuzione fosse per loro un'occasione di giubilo e di festa? O forse volevano mostrarsi nel loro aspetto migliore dinanzi alla nuova sovrana? Che fossero in competizione per sedersi nei posti più vicini a lei e accaparrarsi così i suoi favori, come spesso li aveva visti fare con quel porco di re Beanor? Nauseata da quegli esseri senza cuore, Milia distolse lo sguardo e cercò oltre.

Si chiese, con un groppo alla gola, chi tra sua madre, sua sorella e i suoi parenti fossero venuti a vederla. *Non voglio, non voglio morire sotto gli occhi di mia mamma. Non voglio che subisca una tale umiliazione.* Si sentiva abbastanza forte da poter sopportare qualsiasi cosa, ma non le lacrime di sua madre straziata dal dolore.

Spaziando tra la folla, scorse i suoi cugini e qualcuno dei suoi zii, che la fissavano scuri in viso. L'espressione di alcuni testimoniava un sentimento di vivo cordoglio, mentre altri riuscivano a celare meglio le emozioni. Milia li capiva. Era meglio non farsi vedere troppo partecipi delle sorti di una condannata.

Sua madre tuttavia non era presente. E non c'era neppure il ragazzo che aveva amato in una vita che ormai era solo un pallido ricordo. Si era immaginata di vederli insieme, con lui che sorreggeva sua madre in quel momento di difficoltà. Erano sempre andati molto d'accordo e Milia era convinta che sarebbe stato lui a sostenerla. Eppure entrambi erano assenti. In un certo senso si sentì sollevata, anche se le sembrava molto strano che non fossero venuti a darle l'ultimo saluto. Che fosse accaduto qualcosa di grave?

Quando Aleia si alzò in piedi, il vociare confuso si arrestò di colpo e tutti trattennero il fiato.

La sovrana abbracciò con lo sguardo l'intero uditorio. "La pira è pronta da giorni." Fece una lunga pausa. "Sarebbe la giusta punizione per questa traditrice." Scoccò alla ragazza un'occhiata sdegnata. "Ha commesso il più grave crimine che si possa immaginare, ponendo fine alla vita del nostro amato re Beanor..." Milia notò che l'omaggio al marito non riuscì a raccogliere particolari consensi da parte dei presenti. "Ha violato le leggi degli dei e degli uomini e il suo delitto è e resterà sempre imperdonabile. Tuttavia, ho deciso di essere clemente."

Aleia si fermò ancora una volta, gustandosi lo stupore degli astanti.

"Sì, voglio essere benevola e non farò giustiziare la giovane moglie Milia. Sarebbe troppo semplice per questa sventurata pagare con una morte rapida e dolorosa un omicidio tanto orribile. Deve essere punita, senz'altro, ma scontando una lunga pena, giorno dopo giorno. Invecchierà e perirà in una cella, dalla quale non usciranno che le sue ossa. Inoltre, il regno fino a oggi ha visto scorrere troppo sangue. D'ora in poi la nostra amata nazione cambierà. È mia intenzione usare il potere che mi è stato concesso dagli dei per condurre questo paese su un cammino di progresso e civiltà, nel rispetto di chi ci vive e lavora. Non ci saranno più esecuzioni sommarie, crudeltà e sopraffazioni ingiustificate. Ma, allo stesso tempo, non saranno tollerati il crimine e l'insubordinazione. Regnerò su di voi e imporrò il rispetto per ognuno di voi, ma pretenderò in cambio la devozione che si deve a una sovrana. Questo sarà il mio regno."

Aleia fece un'altra lunga pausa, studiando le reazioni dei presenti. *È più furba, molto più furba di Beanor. Sa quello che vuole e ha già iniziato a lavorare per ottenerlo. Anzi, probabilmente ha già cominciato molto tempo fa,* rifletté Milia.

"E ora, miei sudditi, dobbiamo affrontare il momento più doloroso, la punizione di una giovane donna che si è macchiata di un gravissimo crimine. Frusta."

Un individuo nerboruto e completamente calvo salì sulla pedana con una frusta in mano e si avvicinò a Milia.
"Oh no, dalla a me."
Confuso, l'uomo si avvicinò alla regina e le porse l'attrezzo.
"Milia è stata una moglie di re Beanor, una compagna reale, e non può essere punita da nessuno che non sia di un rango superiore al suo," spiegò Aleia in tono risoluto.
Si tolse i guanti verdi, lasciandoli cadere a terra. Prese la frusta e si diresse verso Milia. Giunta vicino alla ragazza, si sporse in avanti e le sussurrò all'orecchio: "Altrimenti non sarebbe stato così divertente..."
"Toglile il busto," ordinò alla soldatessa che l'aveva condotta fin lì. La donna eseguì quanto detto e Milia rimase vestita della sola gonnellina e degli stivali.
La regina fece un passo indietro e sferrò il primo colpo.
Fu come se una scarica elettrica le attraversasse i muscoli, partendo dalla schiena per diffondersi in tutto il corpo. Milia represse la voglia di urlare con tutto il fiato che aveva in gola.
Senza che avesse neppure il tempo di respirare, arrivò la seconda frustata. Le gambe le cedettero, ma rimase appesa alla corda che le stringeva i polsi.
Era un dolore di gran lunga superiore a quanto avesse mai provato in vita sua. Sentì gli *ohhh* della folla e, nonostante la sofferenza, si vergognò di ritrovarsi in quello stato davanti a tutti.
Il terzo colpo fu il più terribile. Per un attimo perse i sensi. Un dolore intenso si era impadronito di ogni cellula del suo corpo. Urlò. Gridò con tutto il fiato che le era rimasto. Fu come se l'aria intorno si riempisse del suo strazio, come se lo colorasse.
"Bene," udì pronunciare sottovoce alla regina, "entrino le mogli."
Con la schiena in fiamme, Milia si girò a guardare dietro di sé. Vide le vedove di re Beanor procedere in fila indiana, finemente abbigliate, per poi disporsi in ordine vicino alla sovrana.
Un servitore portò a ognuna di loro una frusta.
"Una regina," declamò Aleia, rivolta al popolo, "ha bisogno di qualcuno che l'aiuti a sostenere il fardello della propria posizione. Oggi saranno loro a venirmi in aiuto. Cominciate, dunque, compagne."
Il primo colpo fu meno intenso e doloroso di quello inferto dalla sovrana e così anche il secondo e quello che seguì. Le altre mogli non

ci mettevano la stessa forza e lo stesso furore di Aleia, anche se il dolore era ugualmente insopportabile.
Milia scoppiò a piangere, si ritrovò a implorare pietà, pregò in lacrime che ponessero fine alle sue sofferenze e infine cedette, incapace di resistere oltre. Scivolò in uno stato di incoscienza, ma negli incubi continuò a percepire i colpi uno dopo l'altro.
Quando riaprì gli occhi, due uomini la stavano trascinando giù dalla pedana sorreggendola per le braccia. I piedi penzolavano inermi e più sotto, una scia di sangue andava disegnandosi sul pavimento di legno.

"Perché sei qui se sono morta?"
Milia vedeva dinanzi a sé un lungo mantello nero sormontato da un teschio.
"Non mi rispondi! Perché non mi rispondi? Cosa vuoi da me?"
La figura non reagiva.
"Vattene, ti prego, ormai hai preso la mia anima. Se sono morta e questo è il mio aldilà, non c'è posto qui per te."
L'ombra continuava a non parlare. Ogni tanto si voltava verso di lei e con le orbite vuote e nere sembrava fissarla.
Milia era esasperata. Si guardò intorno. Si trovavano sulla terra argillosa di una landa desolata. In lontananza si scorgevano delle basse montagne dello stesso colore.
"Ti prego, ora lasciami. Hai tante altre anime da prendere."
Il teschio si voltò e parve scrutare l'orizzonte.
Per un attimo perse consistenza, facendosi trasparente. Milia vide la terra rossastra attraverso la sua veste nera.
La figura si girò di nuovo verso di lei. Era spaventata?
L'incubo svanì.

Milia si svegliò in un letto. Nel locale c'erano cinque servitrici e due guardie.
Lei era distesa prona e la stavano medicando. Cercò di alzarsi, ma il dolore alla schiena era insopportabile.
Si guardò attorno: si trovava in una stanza del Palazzo che non conosceva. Di sicuro, non era una cella.
"Perché mi state curando?"
Le donne lavoravano in silenzio e non le risposero. Alcune pulivano la camera, altre le applicavano oli, creme e unguenti sulla schiena.

Milia si sentiva molto stanca. Le tornò in mente il sogno appena fatto. Credeva di essere morta, ma non lo era, anche se forse l'avrebbe voluto.

"Perché lo state facendo? Vi prego, ditemi perché!"
Era esasperata. Le cinque donne le facevano visita di continuo, a qualsiasi ora del giorno e della notte. Era come se fossero al suo servizio. Entravano e, in silenzio, le si avvicinavano con cesti pieni di boccette ricolme di creme di ogni tipo.
Le applicazioni sulla schiena talora si prolungavano per ore. Ogni tanto le donne erano accompagnate da un dottore che esaminava Milia attentamente. Nemmeno lui si degnava di rispondere alle sue domande.
Distesa sul lettino, per l'ennesima volta provò a smuovere la coscienza delle sue guaritrici.
"Vi ha ordinato di non parlare, lo capisco. Ma vi prego, ho bisogno di sapere cosa sta succedendo. Non ce la faccio più!"
Le mani delle donne intanto continuavano a frizionarle la schiena. I loro gesti fluidi erano diventati quasi piacevoli. L'efficacia delle loro cure era strabiliante e il dolore le stava passando con una rapidità che non si sarebbe mai aspettata.
Se all'inizio ogni bendaggio o applicazione le aveva provocato fitte insopportabili tanto da costringerla a urlare e dimenarsi, adesso attendeva con una certa ansia quei momenti di piacere, che perlomeno rompevano la monotonia delle sue giornate.
Tuttavia, nemmeno per un secondo Milia poteva dimenticare di essere tenuta prigioniera e, per di più, impossibilitata a parlare con chiunque. E non osava sincerarsi delle condizioni della sua schiena. Sapeva che, nonostante le cure miracolose, per il resto della sua esistenza avrebbe conservato delle orrende cicatrici a ricordo della sua punizione.
Qualche giorno prima si era anche rifiutata di farsi curare, anche se a nulla erano valsi i suoi sforzi. Loro erano in cinque e l'avevano sottomessa con una certa facilità.
"Sentite, ditemi cosa sta succedendo, ve ne prego. Voglio solo sapere perché mi state curando. Cosa volete da me? A quale sorte sono destinata?"

Milia era tormentata dall'idea che fosse tutta una farsa e che, un giorno non lontano, sarebbe stata nuovamente alla mercé di quella frusta che continuava a turbare il suo sonno.
La regina tuttavia aveva detto che l'avrebbe lasciata marcire in una cella per il resto della sua vita. Che senso aveva quel trattamento di riguardo?
Mentre le donne continuavano a prendersi cura della sua schiena, la soldatessa che l'aveva scortata alla pedana dove aveva dovuto subire il supplizio della punizione reale, fece il suo ingresso nella stanza. Vedendola, Milia si irrigidì immediatamente. Alla fine, dunque, i suoi peggiori sospetti si erano rivelati fondati e di lì a poco le sarebbe stato inflitto un castigo forse addirittura superiore al primo. Sapeva di trovarsi nel bel mezzo di un gioco perverso. L'avrebbero fatta soffrire, curata, e punita di nuovo.
"Preparatela," ordinò la nuova venuta.
Dietro di lei erano entrate numerose altre servitrici, ognuna con qualcosa tra le mani.
L'ultima portava un abito di pregevole fattura.
Alcune di loro estrassero una serie di boccette che, una volta aperte, diffusero un profumo paradisiaco nell'intero locale. Se ne versarono diverse gocce sui palmi e iniziarono ad applicarlo sulla pelle di Milia. Questa volta non si concentravano più soltanto sulla schiena, ma su tutto il corpo.
Per un attimo Milia dimenticò le frustate, le torture, re Beanor, Aleia, tutti gli orrori a cui aveva dovuto assistere e si lasciò trasportare dal piacere.
Non capiva cosa stesse accadendo, ma in quel preciso momento, in fondo, non le importava.
Fu sottratta a quella sensazione di benessere da due mani che, gentilmente, la tirarono per un braccio affinché si alzasse.
Mentre le veniva infilata della biancheria morbida e profumata, non riusciva a staccare gli occhi dall'abito posato su un tavolino. Era bellissimo, composto di un busto e di una lunga gonna ricamati con un complicato intreccio di fili bianchi e rosa. Le venne la pazza idea che il re fosse tornato in vita e le volesse fare indossare quel vestito in occasione di una delle sue tante notti brave.
Una volta finito con la biancheria intima, una donna raggiunse il tavolo, prese il vestito e, aiutata dalle altre, glielo infilò.

Milia continuava ad ammirare esterrefatta quel capo stupendo, non riuscendo a credere ai propri occhi.

Fu poi il turno di scarpe e acconciatura.

Neppure durante i preparativi del matrimonio organizzato in tutta fretta le era sembrato che si prendessero così cura di lei. Anche se il locale era sprovvisto di specchi, per la prima volta da molto tempo a Milia parve di essere tornata padrona della propria bellezza. Quando poi le donne le diedero uno scialle finemente ricamato con il quale coprire le spalle, si sentì ancora meglio all'idea di poter nascondere alla vista le orribili cicatrici che le segnavano la schiena.

"Andiamo, è pronta," dichiarò perentoria la soldatessa.

"Dove siamo dirette?" le chiese Milia. Quella, per tutta risposta, si girò e lasciò la stanza, seguita dalle altre donne.

Milia fu invitata a uscire. Una volta fuori dalla stanza, il gruppo fu scortato da altre due soldatesse.

Percorsero un breve tratto ed entrarono in un'area del Palazzo che la ragazza conosceva bene: gli appartamenti reali.

Incrociarono altre guardie, servitrici, mogli e nobili. Milia si stupì di quanto quel luogo avesse cambiato aspetto. Era bello, arioso e solare. Quei locali, che prima le erano apparsi tenebrosi, cupi e soffocanti, erano divenuti accoglienti e armoniosi. Ovunque era stato aggiunto un tocco di bellezza, con addobbi di ogni tipo. E si vedevano numerosi arredatori e pittori ancora affaccendati in altre migliorie.

Tutti quelli in cui si imbattevano erano impegnati in qualcosa, ma allo stesso tempo sembravano rilassati. Milia sentì molti ridere, almeno finché non si accorgevano della sua presenza. Quando si rendevano conto della sua identità, le conversazioni scemavano. Uomini e donne la guardavano di sottecchi. Alcuni cambiavano rapidamente direzione.

Infine venne aperta un'ultima porta e Milia fu fatta entrare in un ampio locale le cui vetrate si affacciavano sul mare.

Ricordava di esserci finita per sbaglio in passato, ma a quel tempo non era altro che un vasto magazzino impolverato dove veniva riposto il mobilio in disuso.

Ora invece era sfavillante.

Numerose servitrici e alcune mogli erano presenti nella stanza.

Al loro ingresso, Milia udì molte risate abbassarsi d'intensità per poi spegnersi del tutto subito dopo.

Al centro, in una splendida vasca da bagno, con il capo reclinato sul bordo e i capelli bagnati, era adagiata la regina. Il liquido nel quale era immersa era completamente bianco.

Sta facendo il bagno nel latte?

Vedendola, Aleia sorrise amabilmente.

"Dunque, è pronta?" chiese.

"Sì, Maestà," rispose la soldatessa.

"Non è rimasto nulla?"

"No, Maestà."

Sul viso della sovrana si disegnò un altro ampio sorriso. "Fatemi vedere."

Una servitrice sussurrò a Milia: "Girati, per favore."

Lei eseguì, riflettendo sul rispetto che tutti sembravano riservare alla regina.

Quando fino a poco tempo prima si trovavano al cospetto di re Beanor, i sudditi apparivano quasi terrorizzati e sembravano voler fuggire il più in fretta possibile. Ora era diverso. La presenza di Aleia pareva sì incutere timore, ma anche fiducia.

Le servitrici le aprirono l'abito sulla schiena. Milia si vergognò all'idea che tutte quelle persone avrebbero visto la sua pelle martoriata.

"Perfetto!" commentò entusiasta la regina.

Si stava compiacendo di quanto lei fosse sfigurata? In fondo, non le importava. Si impose, per l'ennesima volta, di non dare soddisfazione a quella donna.

"Lei si è vista?" domandò Aleia.

Le donne scossero la testa.

"Bene, portatela tra i due specchi e lasciateci sole."

A quelle parole tutte le persone presenti nella stanza si alzarono e si diressero verso la porta.

Una serva condusse Milia in un angolo dove due specchi erano stati sistemati l'uno di fronte all'altro.

"Maestà," intervenne la soldatessa. "Insisto per rimanere…"

"Aspettate fuori, Suria, se avrò bisognò vi chiamerò."

"Maestà…"

La regina non rispose, ma Milia notò che l'espressione del suo viso fu più che sufficiente per indurre la donna a lasciare il locale.

"Non avere paura, guarda negli specchi," la esortò Aleia in tono gentile.

Milia non voleva darle la soddisfazione di poter godere del suo dolore e si ripromise di non cedere e di rimanere impassibile.

Quello che vide, però, la meravigliò a tal punto da farla scoppiare di gioia e, per la prima volta da molto tempo, farla sentire davvero felice. Era sì una felicità effimera, ma non poté fare a meno di viverla appieno.

La pelle della sua schiena era liscia, candida, perfetta. Milia la esaminò attentamente e non riuscì a trovare un solo minuscolo difetto. Guardò sorpresa la regina, che la osservava sorridendo.

"Dunque, siete stata voi a farmi curare?"

Aleia rise, abbandonando la testa sul bordo della vasca e puntando lo sguardo in alto. "Certo, chi altri?"

Quella donna l'avrebbe fatta soffrire, lo sapeva. Era tutto un perfido gioco e Milia sapeva di non potersi fidare. Tuttavia la curiosità prese il sopravvento. "Perché?"

"Non potevo certo lasciarti sfigurata e rovinare..." Aleia le rivolse un'occhiata eloquente e solo in quel momento Milia si rese conto di essere rimasta con la parte superiore del vestito abbassata. Si affrettò a coprirsi. "...il tuo splendido corpo", concluse la regina, fissandola.

"Ma siete stata voi a farmi frustare!" protestò la ragazza, un po' troppo bruscamente.

Aleia si fece seria: "Hai cospirato e collaborato all'omicidio di un sovrano. Meritavi forse di essere lasciata impunita?"

"Re Beanor era..." iniziò a replicare di slancio Milia, ma poi si fermò.

"Cosa? Prosegui, avanti. Puoi parlare liberamente. Non hai nulla da temere. Hai la mia parola."

"Era un folle, un pervertito, un essere viscido e schifoso, un uomo indegno di vivere in questo mondo. Provavo una nausea profonda al solo vederlo e, quando dovevo trascorrere la notte con lui, o soddisfarlo con le mani o con la bocca, oppure assecondarlo mentre si muoveva come un maiale in calore tra le mie gambe, mi veniva da vomitare. Non lo sopportavo più. Avrei fatto qualsiasi cosa per non dover più sottostare a quell'orrendo supplizio: frusta e prigionia sono poca cosa in confronto al suo letto."

Aleia sospirò, sconsolata. "È così. E non sai quante volte, all'inizio, ho pensato le stesse cose. Ma alla fine ho imparato a convivere con lui, con le sue follie e il suo modo di regnare. Era un pessimo re, è vero, ma era il *nostro* re e chiunque si fosse macchiato del suo omicidio, andava punito. Prima o poi sapevo che qualcuno gliel'avrebbe fatta pagare. Non mi sarei aspettata che fossi tu quel qualcuno, ma non potevo neppure escluderlo. I tuoi incontri con Ilis del resto erano molto sospetti…"

Milia era rimasta a bocca aperta.

"Voi sapevate…?"

Aleia rise di gusto ancora una volta.

"Mia cara, io so tutto quello che accade in questo Palazzo. Altrimenti non sarei dove sono adesso."

La ragazza era confusa: "Io non capisco. Avevate detto che mi avreste messo in una cella e invece mi avete fatta curare."

"Non sei più un pericolo, Milia. E… al di là delle apparenze, nessuno ha il coraggio di ammettere che hai fatto quello che tutti desideravano. I nobili, il popolo, la corte, nessuno poteva più sopportare quel tiranno, il quale, perso nelle sue perverse ossessioni, si era isolato da tutto e da tutti. Quindi continuerai a scontare una pena di facciata, ma senza esagerare."

La giovane era sconcertata. "E… questo vestito?"

"È per i tuoi parenti, per tua madre, affinché conservino un bel ricordo di te dopo che ti avranno vista."

A Milia batté forte il cuore.

"Dove sono?" chiese.

"Ti guadagnerai poco a poco la loro libertà, ma, nel frattempo, devo assicurarmi che tu non commetta altre sciocchezze. Ne hai passate tante e sei molto giovane. Non voglio tenerti sotto chiave, ma non voglio neppure che tu faccia qualcosa del quale potresti pentirti. Se ti comporterai come mi aspetto, un giorno loro saranno liberi, altrimenti, rimarranno sotto custodia."

Milia non sapeva cosa rispondere. La piega che avevano preso gli eventi l'aveva lasciata senza parole.

"Capitano, falli entrare," ordinò Aleia ad alta voce.

La porta si aprì, lasciando entrare la madre di Milia, l'ex fidanzato e il giovane mago Ilis.

Milia sgranò gli occhi, poi corse ad abbracciare sua mamma, che aveva i polsi legati. Entrambe piansero di gioia, commosse. Negli occhi della madre, la ragazza lesse sollievo e felicità. La strinse a sé più forte che poté.

Il capitano Suria si avvicinò e liberò la donna, che a sua volta abbracciò stretta la figlia. "Sei viva," le disse tra le lacrime.

"Mamma, scusami, io non volevo. Non avrei mai pensato che... Ma non potevo..." Milia scoppiò a piangere, nascondendo il viso sulla spalla della madre.

"Potete andare," intervenne Aleia.

"Mamma, no..."

"Milia, dipende solo dal tuo comportamento quando e per quanto potrai rivederla."

La giovane guardò il suo ex fidanzato, un ragazzo alto, con i riccioli neri, le guance scavate, ancora più magro di quanto ricordasse.

"Zelinor," lo chiamò.

"Milia," sussurrò lui mentre veniva trascinato via.

Dopodiché incrociò lo sguardo di Ilis, senza dire nulla. Neppure l'apprendista parlò, limitandosi a un cenno con la testa.

Quando la porta si chiuse alle loro spalle, Milia si voltò verso Aleia.

"Vi prego, non fate loro del male."

"Di solito gli altri si rivolgono a me in altra maniera," puntualizzò la regina.

"Vi sarei grata, Maestà, se li trattaste con rispetto."

"Ti sono forse sembrati maltrattati?"

"No, ma... quelle corde attorno ai polsi..."

"Sono un regicida e la madre e l'ex fidanzato di una delinquente... come ti aspetti che vengano condotti per i corridoi del Palazzo?"

"Ma..."

"Dipende tutto da te, Milia. Il trono perdona, il trono grazia, il trono dimentica."

La ragazza abbassò gli occhi. "Cosa volete che faccia?"

"Quello che fanno tutti," rispose Aleia, con un ampio sorriso.

Milia le rivolse uno sguardo interrogativo.

"Adorarmi," precisò la sovrana, compiaciuta.

La giovane si morse le labbra, incapace di replicare.

"Avvicinati," la esortò Aleia, in tono gentile.

Quando Milia giunse nei pressi della vasca, la regina la incalzò: "Brava... ora siediti qui, vicino a me. Sotto il regno di Beanor non era semplice andare d'accordo, ma ora tutto è cambiato. Tu avevi i tuoi motivi per odiarmi, io i miei. Adesso, tuttavia, possiamo ricominciare da capo..."

La ragazza ripensò alla madre. L'aveva messa lei in quella situazione e toccava a lei risolverla. Come aveva potuto illudersi che la sconsideratezza delle proprie azioni non si riflettesse su chi più le era vicino? Aveva ucciso Beanor, ma era ovvio che dopo di lui qualcun altro avrebbe preso il potere. E ora, a pagare le conseguenze delle sue scelte era la persona alla quale teneva di più al mondo.

Sentì stringersi il cuore. “Sì, Maestà.”

Aleia rise soddisfatta e la guardò intensamente. “Sai cosa invidiavo di più a Beanor negli ultimi tempi?”

“Che cosa, Maestà?”

“La sua bella e giovane moglie!”

Milia le rivolse un’occhiata perplessa.

“Beanor e io ci siamo sempre divisi l’harem. Oh… è vero… io mi sono spesso dovuta accontentare degli *avanzi*, lui veniva ogni volta per primo, ma il gruppo delle mogli era così nutrito che non potevo certo lamentarmi. Poi però sei arrivata tu… e hai scontentato un po’ tutte. Ti sei appropriata, tuo malgrado, del letto reale, e mentre tutte si dolevano di non poter più ricevere i regali del sovrano, a me dispiaceva di non avere la possibilità di approfondire la relazione con la sua giovane moglie. In più, non posso certo dire che il nostro rapporto fosse cominciato nel migliore dei modi.”

Milia fissava incredula la regina. Ancora non riusciva a spiegarsi la strana piega che avevano preso gli eventi. Un’ora prima era convinta che di lì a poco avrebbe dovuto subire una seconda e ben più feroce punizione e invece adesso si ritrovava addirittura ad ascoltare le *avances* della nuova sovrana. E, in un certo senso, la novità la stuzzicava. Poi però ripensò al dolore della frusta, a sua madre prigioniera, a tutto quello che aveva dovuto sopportare da quando era entrata in quel Palazzo.

“Milia, puoi lasciarti andare. So che la nostra attrazione è reciproca. Lo sento. Mi hai sempre odiato perché non potevi ammettere a te stessa che in realtà mi desideravi. Finora ho fatto parte della schiera dei tuoi nemici, eppure sai benissimo che mi avresti voluta vicino a te. Non ho ragione?”

La giovane continuò a tacere, mentre dentro di sé cominciava a sentire i crampi allo stomaco. Quelle parole la provocavano e la stringevano come un caldo abbraccio, ma era una stretta che desiderava e allo stesso tempo temeva.

“Com’è bollente quest’acqua! Non ce la faccio più!” Aleia alzò un piede e lo appoggiò sul bordo della vasca.

Milia lo guardò di sfuggita, imbarazzata. L’altra sorrise di gusto.

“Inchinati ai piedi della tua regina, Milia.”

La ragazza era già seduta. Mimò un inchino con il capo.

"Ai miei piedi, Milia. Una brava suddita deve obbedire alla sua sovrana."

La giovane abbassò la testa ancora di più, in direzione del piede.

"Più vicino..."

Con i morsi allo stomaco che quasi la facevano piegare dal piacere, Milia avvicinò le labbra al piede della regina.

Aleia sorrise di nuovo.

"Non hai voglia di vendicarti, di mordermi, di farmi male? Non desideri vendetta, Milia?"

Con un filo di voce e gli occhi fissi sul piede della sovrana, la ragazza rispose: "Sì, Maestà."

"Fallo, allora, ma con gentilezza."

Milia accostò le labbra all'alluce della regina, le socchiuse e lo morse delicatamente coi denti.

Aleia chiuse gli occhi, sospirando di piacere.

"Fa' quello che desideri," la esortò la sovrana.

Milia si avvide del movimento delle braccia della donna nella vasca. Tirò a sé il piede e passò la punta della lingua sull'alluce. Lo baciò e lo succhiò, assaporandone il gusto. Dimenticando tutto il resto, si spostò da un dito all'altro, quindi posò la lingua su tutta la pianta e leccò ancora. Si sentì bagnata ed eccitata. I morsi allo stomaco divennero ancora più forti. Avrebbe voluto immergersi nel liquido bianco della vasca, per offrire ancora più godimento alla sua regina, la quale, intanto, emetteva mugugni di piacere. Cedere al proprio desiderio di sottomissione nei confronti di quella donna era la cosa più eccitante che le fosse mai capitata.

"Oh, Milia, finalmente!" sospirò Aleia.

Un sonoro bussare alla porta precedette la voce perentoria del capitano Suria: "Maestà, il mago Obolil chiede di vederla, con urgenza."

Le due donne furono strappate violentemente dal proprio sogno. Si fissarono, come se potessero scorgere per la prima volta l'una l'essenza dell'altra. Gli occhi di entrambe erano accesi e carichi di desiderio.

La soldatessa bussò ancora e aggiunse: "Maestà, il mago insiste."

Aleia riportò il piede nella vasca e si alzò in piedi, grondante di liquido bianco. "Fate entrare le servitrici. Portatemi dell'acqua tiepida per sciacquarmi."

Milia, ancora nei pressi della vasca, ne osservò i seni pieni, le forme morbide e i rossi peli pubici.

Non riusciva a smettere di guardarla. Voleva amarla, fare tutto ciò che le venisse in mente di chiederle. Era stata a lungo una servitrice e aveva sempre detestato quella posizione, ma in quel momento si ritrovava per la prima volta a desiderare con tutta se stessa di servire la regina, per darle piacere, esaudire tutte le sue richieste e farla godere.

Aleia si chinò verso di lei. Posò le proprie labbra carnose su quelle sottili di Milia.

La giovane sentì la lingua della donna nella propria bocca e ne gustò il sapore. Chiuse gli occhi, in estasi, finché non arrivò il doloroso momento del distacco.

"Perdonami, ma il regno viene prima di tutto," disse la regina.

Capitolo 8 – Aleia

Palazzo Reale di Ardis, Isk
Presente

La regina Aleia, aiutata da due vedove di re Beanor e da diverse servitrici, si stava vestendo.

Ammirò il proprio abito allo specchio. Ne aveva scelto uno di colore rosso acceso che creava una splendida *nuance* con i suoi capelli ramati ed esaltava ancora di più la sua figura slanciata.

Suria si era già recata due volte a sollecitare la sua presenza al colloquio con il mago Obolil, ma lei non concepiva l'idea di mostrarsi ai propri sudditi in condizioni meno che perfette.

Il suo popolo si meritava una sovrana sempre splendente. Le spie le riferivano che il gradimento di cui godeva in quel periodo era altissimo sia presso la nobiltà che presso la gente. E come poteva essere altrimenti? In poco tempo aveva trasformato un regno del terrore in un posto dove a ognuno veniva dato, o promesso, ciò che desiderava.

Se solo Beanor non fosse stato tanto folle!

Gli avi gli avevano affidato un paese forte, potente, unito. A Nord, a Est e a Ovest non avevano nemici. Il freddo, che tanti di loro maledicevano, era in realtà il loro più grande alleato.

Più a settentrione, a causa delle avversità del clima, nessuno era in grado di costruire società stabili e ben organizzate in grado di impensierire il regno. E così, fin dove si estendevano strade e villaggi, Isk poteva esercitare la propria sovranità.

Tutte le miniere di quelle terre erano nelle mani del trono e la fauna marina assicurava abbondanza di cibo per l'intera popolazione.

Aleia non avrebbe potuto immaginare circostanze migliori…

Ma a Beanor non importava! Lui voleva riaprire le rotte a Sud, chiuse duemila anni prima, nelle quali Aleia non aveva mai intravisto grandi opportunità.

Secondo gli antichi testi oltre il mare esistevano terre feconde con le quali poter commerciare, ma in fondo che ne sapevano loro di come quei popoli si fossero evoluti durante i due millenni del loro isolamento?

Forse erano cambiati in peggio, diventando decisamente più bellicosi. Magari, non appena la Barriera fosse caduta, il suo regno si sarebbe ritrovato ad affrontare una schiera di invasori ansiosi di attaccare le loro coste e depredare le loro terre.

No, Aleia non aveva alcuna fretta di sapere chi vivesse al di là del mare. Non in quel momento. Non adesso che Isk era finalmente governata da una delle migliori regine che potesse mai avere.

"Maestà, il mago Obolil ci tiene a sottolineare l'urgenza del vostro colloquio," la sollecitò Suria.

Benché Aleia esigesse un profondo rispetto da parte di ogni suddito, aveva concesso a chi le stava più vicino di ricordarle spesso e volentieri l'importanza degli affari di stato. Aveva il terrore di diventare un giorno come Beanor, perso nei propri piaceri e dimentico delle responsabilità a cui sarebbe dovuto sottostare un vero sovrano. Lei non voleva certo rinunciare ai privilegi di cui poteva godere una sovrana, ma al primo posto avrebbe sempre messo gli interessi del regno.

Anche l'acconciatura era ormai perfetta. Si rimirò soddisfatta allo specchio un'ultima volta e poi si avviò verso la porta.

Obolil non era sicuramente in grado di apprezzare la bellezza della sua regina, ma i nobili che Aleia aveva invitato a Palazzo non avrebbero perso occasione di sottolineare la sua avvenenza. Ognuno di loro, anche quelli sposati, era arso dal desiderio di sedere un giorno sul trono al suo fianco. Che coltivassero pure la loro illusione, se faceva loro piacere!

Una volta entrata nel suo studio privato, tese la mano inguantata al mago, il quale fece del suo meglio per alzarsi e inchinarsi a dovere.

"State pure seduto," gli concesse Aleia mentre si accomodava. "Ora ditemi, cosa vi turba tanto in un giorno così radioso?"

Mentre poneva la domanda, si costrinse a guardare Obolil. In genere cercava di ridurre al minimo i colloqui con quell'uomo. Con Ilis in prigione e le operazioni sulla Barriera e sull'isola ostile che ai suoi occhi erano ormai irrilevanti, le bastava sapere che lui se ne stesse tranquillo nel suo laboratorio a giocare con pozioni e incantesimi. Il trono non aveva bisogno dei suoi servizi e, a quanto poteva constatare lei stessa, ben presto le occasioni di parlare con il vecchio sarebbero venute meno per cause naturali.

Il mago non si era mai del tutto ripreso dallo scontro con l'apprendista Ilis. Era più curvo del solito, l'alone intorno agli occhi era sempre più nero e il tono di voce ancora più stentoreo. Ad Aleia faceva un po' ribrezzo quella figura segnata sul viso e sul corpo dalle cicatrici che anni di torture da parte di Beanor gli avevano lasciato in eredità.

"Eh Maestà, ieri sono stato chiamato dalle guardie reali per verificare uno strano evento," esordì Obolil, la cui voce faceva già presagire il suo imminente viaggio nell'oltretomba. "I parenti di un defunto affermavano che, durante un corteo funebre, un cadavere fosse scomparso. Hanno subito gridato al maleficio, quei balordi, e i soldati hanno ritenuto opportuno avvisarmi. Mi sono recato sul posto, ma non ho trovato tracce di operazioni magiche. A quel punto ho pensato a uno scherzo di cattivo gusto, orchestrato da qualcuno al quale il morto non fosse stato granché simpatico in vita, senonché, poche ore dopo, le guardie sono venute di nuovo a chiamarmi."

Il vecchio si fermò per riprendere fiato, come se ogni parola gli costasse fatica.

Aleia attese, pazientemente, sorridendo al pensiero di come quella breve pausa avrebbe mandato Beanor su tutte le furie.

"Eh, dov'ero rimasto? Ah sì, sono stato convocato una seconda volta. Dicevano che, durante una veglia funebre, ne fosse sparito un altro, di cadavere. Mi sono affrettato a raggiungere il posto. Una volta lì, ho chiesto un po' in giro e tutti sostenevano di aver visto con i loro occhi il corpo prima sfarfallare e poi, dopo un po', svanire del tutto."

Obolil fece una nuova pausa per riprendere fiato, come se avesse appena smesso di correre.

Ha osato davvero disturbarmi con tali assurdità? Questo mago ormai sta perdendo il lume della ragione! Forse sarebbe meglio allontanarlo dal Palazzo e lasciargli portare le sue 'attività' in un luogo più appropriato.

"Ditemi, Obolil, quale potrebbe essere a parer vostro la spiegazione di tutto ciò?"

"Eh Maestà, in precedenza non avevo mai assistito a eventi tanto particolari, quindi ho trascorso la notte a cercarne notizia nei libri. Eh, sono dovuto tornare indietro fino ai testi di magia più antichi, quelli dei quali non riusciamo a interpretare che piccole parti, e secondo quei tomi, queste sarebbero le avvisaglie di una vera catastrofe. Quando iniziano a volatilizzarsi i cadaveri, dopo un po' se ne vanno anche i vivi, finché non rimane più nessuno."

Aleia si impegnò con tutta se stessa per restare seria. Pensò a qualcosa di brutto e di triste, ma non fu sufficiente e così scoppiò in una fragorosa risata. Il mago, offeso e contrariato, attese che la regina si ricomponesse. Lei, recuperato il proprio contegno, fece un segno come per scusarsi, senza riuscire ancora a parlare per paura di scoppiare nuovamente a ridere. Dopo molti secondi di imbarazzante silenzio da entrambe le parti, Aleia fu in grado di formulare una domanda: "Obolil, volete gentilmente ragguagliarmi su quanto è scritto in quegli antichi testi?"

Benché profondamente piccato, il mago rispose: "Maestà, le scritture fanno riferimento ai rami del tempo. Sostengono che sia possibile viaggiare indietro nelle epoche e che quando si effettua una modifica su un ramo, a quel punto ne nasce uno nuovo. Su quello vecchio, però, scorre sempre meno linfa e gli esseri viventi iniziano a sparire finché, nel momento in cui il ramo si secca del tutto, l'intera realtà scompare. Eh, temo sia quello che sta accadendo ora."

Aleia questa volta riuscì nell'impresa di rimanere seria: "Quindi, secondo voi, tra un po' scompariremo tutti? Proprio tutti tutti?"

L'uomo annuì.

"Ditemi, Obolil, come fa un mago esperto come voi a credere che qualcuno possa aver cambiato il passato?"

Obolil non colse o finse di non cogliere la provocazione della sovrana. "Eh, la prova più tangibile sono gli effetti sul presente, ma è possibile fare una ricerca magica a ritroso nel tempo per determinare dove sia stato creato il nuovo ramo. Vedete, sottraendo l'energia necessaria per..."

"Va bene, va bene, immagino che abbiate una buona teoria. E secondo voi, chi sarebbe l'autore di questa alterazione?"

Il mago abbassò le palpebre, aggrottando la fronte. Ad Aleia parve che stesse per perdere conoscenza. "Aldin," pronunciò infine, accompagnando quel nome con tutto l'odio di cui era capace.

La regina lo fissò incredula. Dei tanti collaboratori meschini e poco dotati di Beanor, Aldin le era sempre sembrato il più inutile e imbranato. Il defunto sovrano non amava circondarsi di persone competenti che lo aiutassero a risolvere concretamente i problemi, piuttosto voleva sotto di sé schiavi che gli dessero sempre e soltanto ragione, senza mostrare un minimo di intelletto e di individualità.

Aldin era un esempio lampante di quella schiera di inetti. Anche lei apprezzava un certo tipo di sottomissione, soprattutto in contesti particolarmente intimi, ma era convinta che per governare un regno una vera sovrana dovesse circondarsi di persone preparate che, nelle proprie sfere di competenza, ne sapessero ancora più di lei.

"Aldin?" ripeté incredula.

Obolil spiegò come secondo lui Aldin avesse avuto accesso alle grandi conoscenze magiche del passato grazie a un attento studio delle scritture conservate nella biblioteca reale. La sua teoria era che il mago, dopo aver sterminato quasi tutto il popolo dell'isola per abbattere la Barriera, avesse voluto assicurare il successo della propria opera tornando indietro nel tempo e ponendo fine alla loro esistenza fin dalle origini.

"Eh Maestà, sappiamo entrambi quanto poco ci fosse da fidarsi di quel mago da quattro soldi. Partito per raggiungere un obiettivo, potrebbe invece aver fatto dei danni ai quali poi non è stato più in grado di porre rimedio e così, per non incorrere nelle ire di Beanor, sapendo che un giorno il re avrebbe scoperto cosa aveva combinato, ha deciso di scomparire."

Questo vecchietto ha bisogno di cure, pensò Aleia, *è solo e purtroppo sta perdendo il lume della ragione. Predisporrò il suo trasferimento in un luogo dove possa impressionare altri anziani con le sue storie, almeno non sarò più costretta a perdere altro tempo.*

"Capisco. Vi ringrazio, Obolil, per avermi informata con tanta sollecitudine. Mi riunirò con le mie consigliere e valuteremo in breve tempo il modo migliore di agire."

"Maestà," insistette il mago, "dobbiamo intervenire ora o potrebbe essere troppo tardi."

La regina trasse un lungo respiro. "E voi cosa suggerireste di fare, Obolil?" chiese pazientemente. Forse qualcuna delle vecchie abitudini di Beanor in quel caso non sarebbe stata così fuori luogo…

"Dobbiamo tornare indietro nel tempo, esattamente nel punto in cui ha operato Aldin, intercettarlo prima che compia qualsiasi azione e ucciderlo, se possibile."

È ossessionato dal mago che per vent'anni ha preso il suo posto. Ha trascorso tutto quel tempo in cella pensando a come vendicarsi e ora che è diventato anziano, le sue fissazioni stanno avendo il sopravvento su tutto il resto. Poverino!

"Grazie, Obolil, valuterò al più presto quanto occorra fare."

"Maestà!" la incalzò il vecchio, a voce leggermente più alta. "Presto nel regno le persone inizieranno a diventare trasparenti. Prima i più deboli, poi tutti gli altri. Si diffonderà il panico e allora sarà troppo tardi per organizzarci per un viaggio nel tempo. Dobbiamo prendere una decisione *adesso*!"

Pazienta, Aleia, non farti prendere dalla collera. Lui è una persona anziana e tu non sei Beanor.

"Benissimo, allora ne riparleremo tra breve. Ora è mio dovere incontrare alcuni dei più importanti nobili del regno," spiegò la regina con garbo, pregustando le espressioni di meraviglia che avrebbe destato la sua entrata nella grande sala da pranzo del Palazzo. "Subito dopo, decideremo il da farsi."

Suria saprà come gestire la situazione con lui. Gli troveremo un luogo dove si trovi a suo agio, in cui riposare in pace in questi ultimi mesi.

Obolil tacque, contrariato. Aleia colse l'occasione per alzarsi e porre fine a quel colloquio.

Quando gli porse la mano, il mago sollevò la propria per prenderla e abbassò la testa per baciarla. In quel momento, la donna vide distintamente la forma e i colori della sedia attraverso il corpo di Obolil. Il sangue le si gelò nelle vene e rimase impietrita a guardare le membra dell'anziano riprendere lentamente consistenza.

"Capitano Suria," chiamò ad alta voce, "radunate tutte le mie consigliere!"

L'espressione della regina seduta sul trono non lasciava dubbi sulla gravità della situazione. Aveva appena finito di esporre i fatti e attendeva che le sue collaboratrici più fidate metabolizzassero quanto appena ascoltato.

Il capitano Suria fu la prima a prendere la parola: "Maestà, quanto credete siano fondate le teorie di Obolil?"

Aleia sospirò profondamente, ripensando a come lei stessa avesse dubitato delle spiegazioni del mago. "Capitano, ero convinta che Obolil avesse perduto il senno, ma ho avuto modo di assistere con i miei occhi al fenomeno. Ho visto chiaramente la poltrona su cui era seduto attraverso il suo corpo. Era diventato trasparente. Non mi sarei mai fidata delle sue teorie, ma quando ne ho avuta la prova lampante, purtroppo ho dovuto ricredermi. Ora dimmi, tu che informazioni hai ricavato dagli interrogatori?"

Suria si strinse nelle spalle: "Tutti giurano la stessa cosa," rispose scuotendo il capo. "Sia i partecipanti al corteo funebre sia quelli alla veglia del secondo morto sostengono che i cadaveri sono scomparsi sotto i loro occhi. Prima c'erano, poi hanno sfarfallato per qualche secondo e infine sono spariti del tutto. Ovviamente ognuno di loro ha accampato le ipotesi più disparate, ma le versioni su quanto accaduto concordano."

Aleia osservò la giovane. L'aveva scelta come capitano delle guardie per il suo carattere serio, irreprensibile, poco incline ai vizi e ai pettegolezzi, ma non disdegnava neppure che fosse una delle amanti più formidabili con le quali avesse mai trascorso la notte. Muscolosa, fortissima, con i capelli riccioli e bruni, metteva nell'amore una passione e un impeto unici e incontenibili. Era più potente di un uomo, ma conosceva la sensibilità femminile fino in fondo.

Proprio ora che tutto sembrava andare per il meglio, rifletté. A voce alta, invece, disse: "Nasnarin, avete avuto modo di verificare quanto scritto nei testi antichi?"

L'anziana donna era la più grande studiosa di tutto il regno. Aveva passato tutta la vita immersa nelle leggende, nei voluminosi tomi di storia e in tutto ciò che riguardava le vicende dei popoli dell'età dell'oro. Aleia l'aveva incaricata di appurare quanto Obolil sosteneva di aver letto.

Nasnarin non ci sentiva bene da un orecchio e ogni volta che parlava, si rigirava una ciocca dei lunghi capelli bianchi intorno a un dito, gesto che tendeva a infastidire la regina. Alzando la voce suo malgrado, rispose: "Maestà, io non sono un'esperta di magia ma conosco tutte le leggende antiche e la storia. La storia, sì, quella insegna molto. La magia e gli incantesimi, invece, io li ho sempre lasciati ad altri."

Era risaputo che l'anziana studiosa aveva sempre temuto e diffidato del potere dei maghi.

"Ho letto i testi che mi avete dato insieme alle mie discepole. E c'è proprio scritto quello che avete detto. Ma, Maestà, io non credo a queste cose. Spesso le leggende vanno interpretate. Raccontano solo una parte di verità. Io lo so. Ho trascorso la vita a cercare di capire cosa racchiudono gli antichi manoscritti, che spesso presentano lo stesso evento in modi diversi. E ora, perché dovremmo dare credito a questi libri di magia? So quello che c'è scritto, ma non so se è vero.

Io non mi fido e nemmeno le mie studentesse. E non ho proprio idea di cos'abbia veramente fatto quello là."

Aldin, pensò Aleia. Possibile che quel mago fosse la causa di una situazione tanto grave? Possibile che il suo regno, iniziato sotto i migliori auspici, fosse in pericolo per colpa di circostanze tanto insolite?

"Grazie, Nasnarin."

La sovrana aveva deciso. Non si sarebbe mai aspettata di dover compiere una simile scelta, ma aveva lavorato tutta la vita per salire su quel trono. Aveva sopportato il re per anni, controllato tutto ciò che si muovesse a Palazzo, mosso i fili giusti, atteso pazientemente, intessuto le relazioni necessarie. Ora finalmente era la regina ed era sua responsabilità prendere le decisioni più giuste per il bene del popolo. "Partiremo. Questa è la mia volontà. Se il mago Obolil si sbaglia e la teoria dei viaggi nel tempo non è altro che un'invenzione, probabilmente non accadrà nulla. Non prenderemo parte a nessun salto temporale e rimarremo dove siamo ora. Se invece è tutto vero, auguriamoci che i calcoli del vecchio siano esatti."

A quelle parole Suria si allarmò: "Maestà, non vorrete partecipare alla spedizione?"

"Sì, sarò io a guidarla," dichiarò Aleia, risoluta.

In passato tutte le missioni più importanti sono state guidate dai sovrani di questo popolo. Non posso essere da meno. Se questa avesse successo e io non vi partecipassi, mi considererebbero una codarda per i millenni a venire. E, in caso contrario, perderei tutto comunque.

Il capitano insistette: "Maestà, mi offro volontaria per fare le vostre veci. È di prioritaria importanza che voi non rischiate la vostra vita. Sono certa che insieme a un gruppo di valorose soldatesse sarò in grado di portare a termine il compito e fermare il mago Aldin. Non vi deluderò!"

Aleia era consapevole di quanto Suria fosse innamorata di lei. Lo era sempre stata e avrebbe fatto di tutto per proteggerla. Era perfetta per il ruolo che ricopriva, ma aveva la tendenza a dimostrarsi iperprotettiva.

"Porteremo con noi un manipolo delle venti migliori soldatesse. Niente uomini, voglio evitare azioni sconsiderate. Il mago Obolil verrà con noi, insieme all'apprendista Ilis e alla prigioniera Milia."

Le consigliere presenti accolsero con sgomento e stupore i propositi di Aleia.

Fu ancora una volta Suria a permettersi di replicare: "Maestà, l'apprendista e la ragazza sono due traditori. È estremamente pericoloso portarli con noi e fatico a vederne l'utilità."

"Obolil è un uomo molto anziano. Potrebbe *patire* un simile viaggio e lasciarci quando più ne avremo bisogno. Ho parlato io stessa con Ilis, che è disposto a obbedire in cambio della grazia reale. Come molti altri, il giovanotto odiava Beanor ma arde dal desiderio di essere riabilitato per tornare alle proprie mansioni. Ho già ordinato che fosse scortato presso Obolil e chiesto a quest'ultimo di renderlo partecipe di tutti i preparativi del viaggio, senza tralasciare alcun dettaglio. Le nostre soldatesse controllano entrambi giorno e notte. Se il vecchio non dovesse farcela, non ci resterà che affidarci a Ilis."

"Maestà," ribatté Suria, sempre più in pena, "è troppo pericoloso che partecipiate personalmente a questo viaggio. Cosa succederebbe se la missione fosse un successo ma accadesse qualcosa di grave a voi? Non sappiamo chi o cosa troveremo! Vi scongiuro, lasciate che me ne occupi io."

"No, Suria," ribadì Aleia, "ho scelto io di guidare questo popolo e spetta a me occuparmi della sua sicurezza."

La regina sorrise tra sé: pochi anni prima non avrebbe mai immaginato di pronunciare simili parole un giorno.

"E Milia?" chiese ancora il capitano, diffidente.

È gelosa...

"Ilis è innamorato di Milia. Se decidesse di non obbedire, la ragazza sarebbe l'elemento perfetto su cui fare leva."

Aleia guardò il ristretto gruppo di consigliere e collaboratrici: il capitano Suria, Nasnarin, alcune vedove di Re Beanor, le neoministre del regno. Alcune apparivano incredule, altre preoccupate, altre ancora profondamente a disagio.

"È la prima grande sfida che ci troviamo ad affrontare e dobbiamo vincerla, perché altrimenti nessuna di noi avrà un futuro. Abbiamo lavorato incessantemente per rimediare agli errori di re Beanor. Abbiamo raccolto molti successi, ma non dimentichiamo che spesso, proprio quando si è più sicuri della vittoria, la sconfitta ci aspetta dietro l'angolo. Potremmo non agire, aspettare e valutare con più calma, ma se le ipotesi di Obolil si rivelassero fondate, l'attesa potrebbe avere effetti catastrofici. Ora, mie amate suddite, è nostro dovere riconquistare il nostro futuro e accertarci che nessuno possa sottrarcelo. Fidatevi di me. Insieme porremo fine a questa minaccia."

I preparativi richiesero l'intera notte e i due giorni successivi. I minerali e le sostanze necessarie per il viaggio nel tempo di un numero così nutrito di persone prosciugarono le riserve del regno. Tuttavia, la regina decise di impiegare ogni risorsa del caso.

Dopo soli tre giorni, Aleia, il mago Obolil, l'apprendista Ilis, Milia, il capitano Suria e venti valorose soldatesse furono pronte a partire.

Capitolo 9 – Lil

Palazzo Reale di Ardis, Isk
2.000 anni prima

Miril si divincolò dalla presa dei due soldati e raggiunse Lil.

Mi dispiace, Miril, forse non era per questo che mi avevi donato poteri tanto sublimi.

Fuggiamo. Ora!, replicò la sacerdotessa.

I soldati erano sgomenti, ma presto avrebbero reagito alla paura chiamando a gran voce i rinforzi.

Lil chiuse gli occhi. Si concentrò sui pensieri degli uomini intorno a loro. Non li percepì come menti isolate, ma come un flusso unico di energia. Sentì le pulsazioni dei loro cuori, il vortice frammentario dei loro pensieri, le loro emozioni, i loro timori.

Espanse la propria energia su di loro.

Non li avvolse nell'amore come aveva imparato, ma nella sofferenza e nel dolore. Attinse alle loro paure più inconsce senza visualizzarle, percependo unicamente le emozioni e facendo leva su quelle. I soldati caddero in ginocchio, molti portandosi le mani alla testa.

Abbiamo solo pochi attimi. Fuggiamo!

Lil e Miril uscirono dal locale, correndo per i corridoi e le scale a chiocciola, finché raggiunsero una finestra. Entrambe si sporsero per guardare. Videro il mare e la costa, ma già sentivano il rumore degli stivali dei soldati impegnati nell'inseguimento.

"Di là, quella è la direzione dove dovremo andare," disse Miril, indicando un punto sulla costa. "Ma prima dobbiamo uscire di qui."

Lil la prese per mano: "Perdonami. Era necessario che ci liberassimo di lui. Ho dovuto improvvisare."

La sacerdotessa le accarezzò la guancia, rassicurandola: "Siamo di nuovo insieme. È l'unica cosa che conta."

Allontanandosi dalla finestra, le parve di scorgere tre gigantesche sagome muoversi sul filo dell'acqua.

"Credi che siamo ancora in tempo?" chiese Lil, in apprensione.

La sacerdotessa rifletté per qualche secondo, quindi rispose: "Ci troviamo ancora nel ramo principale, ne sono convinta. Se fossimo su quello nuovo ce ne accorgeremmo. Avremmo la sensazione di essere fuori posto. Da quanto percepisco, invece, la realtà intorno a noi continua a vibrare sulle stesse frequenze di prima."

Lil si sentì rassicurata. *Non è tutto perso! Possiamo ancora farcela.* Ciò che le dava più conforto era che Miril fosse viva e che fossero finalmente di nuovo insieme. Si commosse, non riuscendo a trattenere le lacrime.

"Miril, credevo di averti persa. È stato… orrendo."

La sacerdotessa le sorrise: "Lo so, lo è stato anche per me. Avrei voluto proteggerti, starti vicino, non separarmi neppure un attimo da te, e invece ignoravo dove fossi, cosa ti fosse successo, anche se sentivo che eri ancora viva e che presto ti avrei ritrovata." Asciugò con le dita una lacrima sul volto di Lil. "Quando torneremo sulla nostra isola, avremo tutta la vita davanti a noi."

Da sole, però, si sorprese a riflettere Lil, senza osare dar fiato al proprio pensiero.

Se lo vorrai, amore mio, ci sposteremo altrove. Cercheremo nuove terre e un bel posto dove vivere. Ovunque andremo, saremo per sempre insieme, la rassicurò Miril, che riusciva nuovamente a percepire i pensieri della compagna.

Lil si specchiò nelle sue pupille brillanti: "Sì, ed è l'unica cosa che conta."

Si avventò sulle labbra della sacerdotessa, cogliendola un po' di sorpresa, e lei rispose al suo bacio appassionato stringendola forte tra le sue braccia.

Il rumore di passi si fece più vicino e Miril dovette gentilmente allontanare Lil da sé. Gli inseguitori si stavano dirigendo verso di loro.

"Andiamo."

Scesero di corsa per una stretta scala a chiocciola. Quando credettero di aver quasi raggiunto il livello più basso, udirono una porta spalancarsi e delle urla provenire dalle viscere del Palazzo.

Lil si sentì in trappola, ma Miril la rassicurò: "Qualche rampa più su abbiamo superato una porticina," spiegò, rammentando un'apertura che avevano oltrepassato a metà della discesa. "Andiamo!"

Tornarono sui propri passi mentre il brusio dal basso diventava sempre più forte.

Una volta di fronte all'apertura, un vociare concitato sopra di loro le informò che le guardie le avevano quasi raggiunte. Non rimaneva che spingere la porticina. Miril l'aprì con circospezione.

Dava su un pianerottolo pattugliato da due soldati che tenevano d'occhio il corridoio che si estendeva di fronte a loro.

La sacerdotessa fece segno a Lil di guardare.

"Me ne occupo io," disse la ragazza mentre il rumore sulle scale annunciava l'imminente arrivo delle guardie sia dall'alto che dal basso.

Scivolò nelle menti dei soldati, imponendosi di non causar loro alcun tipo di angoscia o sofferenza. Ignorò i loro pensieri e si concentrò unicamente sulle emozioni. Riuscì a tranquillizzarli entrambi allo stesso tempo e a indurli in uno stato di rilassamento così totale che i due uomini dovettero appoggiarsi al muro per reggersi in piedi. Pochi attimi dopo, però, furono costretti a inginocchiarsi, quindi posarono i palmi a terra e infine si sdraiarono, addormentandosi di colpo.

Le due donne guadagnarono il pianerottolo, chiudendosi la porticina alle spalle.

Miril si avvicinò ai due soldati, li esaminò e si rivolse a Lil con aria interrogativa. "Come ci sei riuscita?"

Lei, temendo di aver contrariato la sacerdotessa, replicò con un certo imbarazzo: "Io… non lo so. Mi è venuto… naturale."

Miril la guardò perplessa, poi commentò: "Mi spiegherai più tardi. Ora andiamo."

Iniziarono a correre lungo il corridoio. Dal fondo non sembrava provenire alcun rumore, ma appena svoltato l'angolo, si imbatterono in una mezza dozzina di uomini.

Senza neppure riflettere sul da farsi, Lil volò nelle loro menti. Con i loro occhi vide se stessa e la sacerdotessa, ma camuffò l'immagine con quella dei due soldati che aveva addormentato poco prima.

Uno degli uomini chiese loro: "Cosa fate qui impalati?"

Miril lì per lì rimase spiazzata. Guardò Lil, immobile con lo sguardo fisso davanti a sé, e si affidò all'intuizione: "Abbiamo ricevuto ordine di pattugliare questo corridoio!"

Con sua grande sorpresa, il soldato ribatté: "Bene! E quello che ha? Si è morso la lingua?"

"È un po' scosso. Con tutto quello che sta succedendo!"

"Andiamo, andiamo," tagliò corto l'altro.

Appena furono sole, Lil, tornata nel proprio corpo, riprese a muoversi.
"Cos'hai fatto?" le domandò Miril, appoggiandole una mano sulla spalla.
"Sono riuscita a fargli visualizzare al posto nostro i due soldati del pianerottolo," rispose la giovane, a disagio.
"Ma... com'è possibile? Io non ti ho insegnato nulla di simile!"
"Miril, non saprei... Non avevo mai provato prima d'ora, ma, ultimamente, quando mi trovo in situazioni del genere, mi succede qualcosa e..."
Mentre parlavano, quattro dei soldati appena passati tornarono indietro correndo.
Vedendole, si fermarono di colpo: "Ma cosa diavolo..." iniziò a dire uno di essi.
Subito dietro di loro, apparve un uomo vestito con una tuta aderente di colore viola. Teneva l'indice alzato all'altezza della spalla. Appena scorse i soldati, puntò il dito a turno su ognuno di loro. Le guardie reali scomparvero una dopo l'altra, lasciando nell'aria solo un forte odore di bruciato. Subito dopo indicò Lil e rimase in attesa, ma non accadde nulla. Si guardò la punta dell'indice, incerto, infine lo indirizzò verso Miril e aspettò.
Lil era così sorpresa e terrorizzata da non riuscire a muoversi.
"Ho due codici genetici non riconosciuti," disse l'uomo. Non era presente nessun altro oltre a loro tre, eppure quello sembrava parlare a un'entità invisibile di fronte a sé. Lil provò a capire se vi fossero altre frequenze vitali intorno a loro, senza tuttavia rilevare nessuno.
L'uomo, dopo qualche secondo, aggiunse: "Va bene, ora controllo. Visore."
Da dietro la nuca una membrana trasparente si espanse fino a formare una fascia che gli copriva gli occhi e la parte bassa della fronte.
Proviamo a fuggire?, chiese mentalmente Lil a Miril, con il cuore che le batteva forte.
No, potrebbe essere pericoloso. Hai visto cosa ha fatto a quegli uomini...
Ma se non scappiamo ora potremmo essere catturate. Provo a manipolargli la mente.
No, Lil, aspetta!

Lei non le diede ascolto e tentò di entrare nella mente di quello strano individuo, senza tuttavia riuscirvi.

L'uomo, attraverso la membrana trasparente, esaminò entrambe di sfuggita, poi il suo sguardo tornò a orientarsi nel vuoto.

Gesticolò con le mani nell'aria, come se muovesse degli oggetti che né Lil né la sacerdotessa erano in grado di vedere.

Che forma di magia è mai questa? si chiese la giovane.

Dall'apertura giunsero altri tre uomini, che puntarono a loro volta il dito indice verso le due donne.

"Com'è possibile?!" chiese uno dei tre.

"Non ha senso," convenne il primo, che continuava a mulinare le mani in aria. "Sto cercando nel *database*. Nessuna delle due risulta tra quelli da salvare o da eliminare. Non disponiamo di una copia del loro codice genetico."

"È impossibile," ribatté l'altro. "In questa riserva sono stati tutti catalogati!"

Nel frattempo giunsero altri due uomini, mentre i tre avevano indossato delle membrane trasparenti identiche a quella del primo uomo e iniziato a gesticolare anch'essi con le mani nell'aria.

"No, non fanno parte di nessun gruppo," confermò uno di loro.

"Aspettate, ho trovato qualcosa. O meglio, *non* ho trovato… Ho controllato la tabella delle combinazioni possibili e il codice genetico di queste donne non è presente. Loro non sono di questo mondo."

"Impossibile," sentenziarono gli altri due all'unisono. Poi uno di essi aggiunse: "È una riserva naturale. Nessuno entra e nessuno esce."

"Certamente, ma loro… non risultano."

"Fammi controllare."

Lil ascoltava turbata quegli scambi. Gli uomini parlavano con un tono uniforme e privo di emozioni che le metteva i brividi. Era una paura diversa da quella provata di fronte ai soldati nemici o al mago Romur, che in qualche modo riusciva a comprendere. Quegli strani figuri, al contrario, le risultavano del tutto indecifrabili, quasi non fossero umani.

Intanto Miril taceva. La ragazza si chiese cosa avesse in mente la sacerdotessa, i cui occhi saettavano senza sosta da un individuo all'altro.

"È vero, non risultano," confermò il primo uomo che avevano incontrato.

"Andiamo dal comandante," concluse, rivolto ai compagni.

Due di loro si disposero dietro Lil e Miril. "Seguiteci," ordinarono. Le due donne obbedirono.

Miril, dobbiamo fare qualcosa, comunicò mentalmente Lil.

Ho letto di questi uomini, spiegò la sacerdotessa. *Nei resoconti dei nostri avi si parla di tre navi sospese sul mare, dalle quali sbarcarono degli individui vestiti di viola che vennero nel nostro villaggio per conferire con gli anziani. Il contenuto del colloquio non è stato tramandato, ma sui testi c'è scritto che subito dopo quell'incontro, i sopravvissuti al massacro iniziarono i preparativi per prendere la via del mare. Lil, questi uomini potrebbero essere nostri alleati. Se trovassimo il modo di spiegar loro cosa sta per accadere, potrebbero aiutarci.*

La giovane rifletté. Si fidava ciecamente del giudizio di Miril, ma quegli individui la terrorizzavano e non riusciva a immaginarseli amici.

I due uomini in testa al gruppo svoltarono un angolo e furono assaliti da un manipolo di soldati. Tre erano armati di spade, altri due maneggiavano archi e frecce. I due arcieri arretrarono di qualche passo, mentre gli altri caricarono.

Lil vide le lame arrestarsi a pochi centimetri dalle tute viola, sulle quali per un istante apparve una scarica trasparente, simile a un lieve riflesso sull'acqua. Senza scomporsi, gli uomini in viola puntarono gli indici sui soldati, che scomparvero all'istante, lasciando nell'aria un pungente odore di bruciato. Un arciere nel frattempo aveva scoccato una freccia, che andò a impattare su una tuta viola, senza provocare altro effetto se non il solito bagliore. Il ragazzo subì la stessa sorte dei suoi compagni. Il secondo arciere, che intanto si era dato alla fuga, fu puntato subito dopo di lui e scomparve a sua volta durante la corsa.

Gli uomini in viola ripresero il cammino come se nulla fosse accaduto e di lì a pochi minuti, il gruppo si ritrovò in un cortile. Al centro dello spiazzo, Lil notò un uomo completamente calvo, vestito con una tuta identica a quella degli altri, ma con un cerchio giallo sulla spalla sinistra. Era attorniato da numerosi individui e aveva la solita membrana trasparente sugli occhi. Gesticolava e parlava senza sosta.

Quando le due donne furono condotte di fronte a lui, pronunciò la parola *visore* e la membrana si ritrasse.

Scambiò un cenno d'intesa con i compagni che avevano scortato Lil e Miril, come se fosse già al corrente della situazione.

“Zai, prendi tu il comando,” disse rivolto a un uomo poco più giovane di lui. Questi, dopo essersi allontanato di qualche passo, indossò la membrana e prese immediatamente a gesticolare e parlare.

“Sono il comandante Lario e sono a capo di questa operazione. Voi chi siete?” chiese in tono secco e deciso.

“Siamo la sacerdotessa Miril e la sacerdotessa Lil.”

“Non siete di queste parti?” domandò Lario.

“No, e neanche voi, credo,” replicò Miril, il cui registro vocale si era adattato a quello atono dell’interlocutore.

“No, nemmeno noi, ma in questo momento sono io a fare le domande. Da dove venite?”

“Da un’isola più a Sud.”

Non vuole mentirgli, ma neppure rivelargli chi siamo, rifletté Lil.

“Impossibile. Posso ottenere queste stesse informazioni conducendovi sulla mia nave e sottoponendovi a una macchina della verità. Per l’ultima volta, chi siete?”

Una macchina della verità? Un oggetto dotato di poteri telepatici?

“Veniamo da un’isola più a Sud e dal… futuro.”

Lario rimase impassibile, senza smettere di osservare Miril.

Il vicecomandante smise per qualche secondo di gesticolare e si girò incuriosito a guardare le due donne.

Lario ordinò proprio a lui: “Verifica.”

Rivolgendosi al vuoto di fronte a sé, il vicecomandante disse: “Controllo, estendi la ricerca alle possibili sequenze future.” Annuì e riferì: “Potranno volerci diverse ore, comandante. La mole di dati è enorme.”

Lario chiese a Miril: “Dal futuro?”

“Comandante, Lil e io discendiamo dal popolo che oggi state mandando per mare. Costoro si stabiliranno su un’isola più a Sud. Lì il popolo prospererà, dedicandosi alla costruzione di un maestoso Tempio nel quale coltivare il rapporto con le divinità. Grazie al favore degli dei, per centinaia di anni quella terra rimarrà difesa da una barriera magica che la proteggerà dalla sete di vendetta della gente che oggi state punendo. Su Turios, è questo il nome dell’isola, gli abitanti si sentiranno così al sicuro da scegliere di non avventurarsi mai più per le vie marittime, temendo di incontrare nemici in grado di nuocere loro. Ma un giorno, mentre la maggior parte di noi starà assistendo a un matrimonio, una pioggia di schegge cadrà dal cielo, sterminando quasi tutti. Sopravvivremo in tre, ma alcuni giorni dopo, ci renderemo conto di un pericolo ben più grande."

Mentre Miril parlava, diversi uomini in tuta viola si erano fermati ad ascoltare.

Lil intanto seguiva con orrore i combattimenti che riusciva a intravedere dalle finestre che davano sul cortile. Le guardie del Palazzo venivano sistematicamente individuate ed eliminate. Benché fossero gli stessi che l'avevano tenuta prigioniera, non riusciva a non sentirsi in pena per loro.

"Avete dimestichezza con le teorie temporali?" si informò Miril.

"Non molta," ammise Lario.

La sacerdotessa gli spiegò la teoria dei rami del tempo nello stesso modo in cui l'aveva illustrata a Lil e Bashinoir. Mentre lei parlava, il comandante si limitava ad annuire.

Infine Miril concluse: "Così siamo dovute tornare indietro nel tempo, per salvare il futuro del nostro popolo dal distacco dei rami che dovrebbe avvenire di qui a poco e..."

Lario alzò una mano.

"Sì," disse rivolto all'aria di fronte a sé.

Lil si chiese quale fosse la natura dei poteri di cui quegli uomini erano dotati. Li aveva visti uccidere puntando il dito, proteggersi per mezzo di barriere invisibili, muovere le mani nello spazio attorno a sé parlando all'aria. Di quale forma di magia facevano uso? E perché lei non riusciva a percepire alcun collegamento energetico?

Un uomo entrò nel cortile parlando in quel modo che la incuriosiva tanto. Quando raggiunse il comandante, continuò il discorso rivolgendosi direttamente a lui.

Sembrava proprio una comunicazione telepatica simile a quella che la univa a Miril. *È come se avesse iniziato a conferire con lui prima ancora di essergli vicino.*

"Sono comparsi in un sotterraneo," stava spiegando il nuovo venuto. "Non appena abbiamo rilevato le loro tracce vitali, siamo scesi per controllare. Ci siamo imbattuti in alcune soldatesse, le quali, vedendoci, ci hanno subito attaccati. Abbiamo risposto all'assalto con i disintegratori in modalità auto-difesa, ma quando abbiamo avuto il tempo di esaminare i superstiti, ci siamo resi conto che non facevano parte né del gruppo da eliminare né di quelli da salvare. Dopo aver chiamato i rinforzi, li abbiamo fatti prigionieri e condotti qui da lei come richiesto."

Mentre parlava, Lil percepì una forte carica energetica saettare nel cortile. Guardò verso una porta e notò una fila di persone entrare scortate dai soldati.

Vedendoli avanzare, Lil rimase a bocca aperta. Avvertì chiaramente la notevole energia che alcuni di loro emanavano, ma anche il carattere oscuro di quella forza, l'alone di potere che li avvolgeva e, in un certo senso, il loro esserle familiari.

Si voltò verso Miril, la quale era rimasta a sua volta di sasso. *Oh dei,* la sentì esclamare tra sé.

Alla guida di quelle persone procedeva una donna di mezza età, alta e dai lineamenti eleganti. Indossava un'armatura leggera che le proteggeva caviglie, cosce, braccia e petto. La bardatura, finemente lavorata, riluceva come fosse d'oro. Il capo era in parte coperto da un elmo dello stesso metallo prezioso, dal quale spuntava qualche ciocca ribelle di capelli rossi. Guardava di fronte a sé con espressione fiera e un'aria altezzosa.

Era seguita da un'altra donna, decisamente più robusta e dal fisico possente. La sua armatura era meno appariscente, ma sembrava altrettanto resistente. Lanciava occhiate tutt'attorno come volesse saltare addosso al primo che le si fosse avvicinato troppo.

Dietro di loro avanzava una ragazza bellissima, con i capelli biondi, gli occhi azzurri, lo sguardo duro e l'aria scostante.

Al suo fianco camminava un giovanotto magro, con il collo lungo segnato da un pomo d'Adamo piuttosto pronunciato. Aveva i capelli spettinati e sbirciava con curiosità in tutte le direzioni. Lil lo scrutò con attenzione, avvertendo provenire da lui un'energia molto intensa. Non era in grado di decifrarla, ma non ne era spaventata, anzi, le parve quasi familiare.

Infine, sorretto sotto le ascelle da due soldati in viola, chiudeva il gruppo un uomo anziano, ingobbito, con il volto sfigurato da cicatrici, un lobo dell'orecchio mancante e un profondo taglio che gli segnava un sopracciglio. Come se quel brutto aspetto non bastasse a renderlo inquietante, emanava una fortissima energia oscura e si guardava intorno con occhi cattivi, circondati da un alone nero, pieni di odio e risentimento.

Quando furono condotti dinanzi al comandante, questi li studiò attentamente. Lil notò che il più vecchio fissava lei e Miril con astio. Fu proprio lui a parlare per primo, sibilando all'indirizzo della sacerdotessa: "Dovevo immaginarlo. Non poteva essere stato quello stolto di Aldin a combinare tutto questo casino, eh. Sei stata tu, lurida cagna in calore. Che gli dei ti maledicano!"

Miril gli lanciò un'occhiata sprezzante: "Obolil! Sei un pazzo omicida! Avete sterminato il mio popolo e avete messo in moto degli stravolgimenti temporali che nessuno potrebbe essere in grado di controllare. Avete giocato con i vostri poteri come dei bambini litigiosi."

"Ah, strega da due soldi, come osi parlarmi in questo modo? Avrei dovuto farvi schiattare nelle pene più atroci."

All'udire quelle parole, la sacerdotessa avvampò, ma poi trasse un profondo respiro e mantenne la calma. "Siamo qui per rimediare ai vostri errori, mago Obolil."

L'anziano stava per replicare quando la donna con l'armatura dorata alzò una mano, zittendolo all'istante, e domandò: "Chi siete?"

"Sono la sacerdotessa Miril dell'isola di Turios, guida spirituale del popolo che avete cercato di sterminare negli ultimi duemila anni."

"Negli ultimi duemila anni? Voi provenite dal futuro?"

"Aleia, siamo qui per fare tutto ciò che è nelle nostre possibilità affinché non priviate la nostra gente del futuro che le spetta, cosicché possa vivere e prosperare, com'è diritto di ogni essere vivente."

Lil sospettò che molte delle parole di Miril fossero in realtà indirizzate al comandante. La sua amica stava già perorando la loro causa di fronte a colui che probabilmente avrebbe deciso del loro destino.

"Come fate a conoscere il mio nome, sacerdotessa?" chiese Aleia.

"A dire il vero, avrei preferito non dover mai imparare né il vostro né quello del vostro sadico marito!" ribatté Miril.

"Ex marito, re Beanor ci ha lasciati," puntualizzò la donna.

"È morto?" si informò l'altra.

"Sì, ora sono io la regina e non ho più alcuna intenzione di proseguire nella lotta contro la vostra isola."

Miril sorrise sarcastica: "Certo, è per questo che siete venuti qui per cancellarci definitivamente!"

"No, siamo tornati indietro nel passato con lo scopo di fermare il mago Aldin. Non potevamo immaginare che foste voi turiosani gli artefici delle modifiche temporali."

Miril si rivolse a Lario: "La sacerdotessa Lil e io non possiamo essere la causa di tali modifiche. Nel nuovo ramo sarà impedito al nostro popolo di raggiungere la propria isola. Moriranno tutti e noi non avremo alcun futuro. Lil e io non saremo mai nate! Comandante, come vi ho spiegato, quando si crea un nuovo ramo gli esseri viventi del vecchio si indeboliscono, perdono poco a poco consistenza, fino a sparire del tutto. Per noi due questo processo è già iniziato. Per quale motivo dovremmo distruggere il futuro del nostro popolo? Perché mai vorremmo scomparire?"

"Miril," intervenne Aleia, "anche da noi è iniziato lo stesso processo. Anche noi stiamo svanendo."

La sacerdotessa la fissò intensamente, soppesandone le parole. Anche Lario osservava entrambe le donne, forse indeciso sulla versione alla quale dar credito.

Nel frattempo Lil si accorse che nel Palazzo non si udivano più rumori. Tutti gli uomini in viola erano confluiti nel cortile. Nessuno di loro aveva più le membrane sugli occhi. Non parlavano né gesticolavano più. Erano tutti intenti a seguire lo scambio tra le due donne. Poi vide alcuni di loro cambiare espressione, come se stessero ascoltando qualcuno che comunicasse con loro telepaticamente. Subito dopo due di essi uscirono dal cortile.

"Comandante, il distacco dei piani avverrà tra poco. Posso dedurre che fosse programmato non appena voi foste andati via. In questo modo, loro si sarebbero potuti muovere più liberamente, senza trovare opposizione. Vi chiediamo di fermare queste persone e di impedire che portino a compimento il loro disegno," disse Miril.

Intanto Lil osservava l'alto camminatoio su una parte delle mura che circondava il cortile. Era convinta di aver visto del movimento dietro uno degli stipiti delle porte di accesso. Guardando meglio, si rese conto che quelli che ogni tanto spuntavano erano degli occhi di un bambino, il quale, evidentemente incuriosito, spiava la scena che si svolgeva sotto di lui.

Udita la richiesta della sacerdotessa, Lil si fece coraggio e prese la parola: "Potremmo non essere né noi né loro gli artefici delle modifiche temporali. Potrebbe trattarsi di qualcun altro."

Miril la rimproverò. *Lil, ma cosa dici? Loro sono i nostri nemici!*

Scusami, Miril, ma sono quasi sicura che la regina non stesse mentendo.

L'apprendista Ilis intervenne a sua volta: "Non avrebbe alcun senso apportare delle modifiche temporali che vadano a svantaggio di entrambi i nostri popoli. La nostra teoria iniziale era che tutto dipendesse dall'opera di Aldin. E se fosse realmente così? Ci accusiamo a vicenda, ma chissà che in realtà non ci troviamo tutti qui per la stessa ragione!"

Lil ascoltò con piacere l'ipotesi del ragazzo, ma notò che la fanciulla bionda l'aveva invece accolta con una smorfia di fastidio.

Miril insistette: "Comandante, Aldin è un mago del *loro* regno. Sarebbe assurdo che fosse qui per cancellare il *loro* futuro, perché così facendo, eliminerebbe anche il proprio. Equivarrebbe a suicidarsi. Probabilmente faceva parte della loro spedizione, ma è sfuggito alla vostra cattura e ora, mentre parliamo, sta portando a termine il compito per il quale sono venuti. Vi chiedo di..."

Intervenne il vicecomandante Zai: "Signore, abbiamo già ricevuto i risultati della ricerca riguardo a possibili sequenze future. Sono compatibili. Queste due donne potrebbero essere delle discendenti degli abitanti di questa terra."

Lario cambiò espressione, come se tutt'a un tratto la situazione fosse precipitata. "Informa immediatamente l'FM con un hyperolo ad alta priorità. Disponi il trasferimento di..."

Mentre parlava, una figura sbucò dalla torretta sud correndo lungo il camminatoio. Dopo pochi secondi, dietro di lui comparvero due uomini in viola che cercavano di raggiungerlo.

Lil comprese subito di chi si trattasse. Era la persona sulla bocca di tutti, l'artefice della creazione del nuovo ramo temporale. Percepì le frequenze di un mago molto potente. Lo seguì mentre correva a rotta di collo e, per fugare i propri sospetti sulla sua identità, osservò le reazioni sui volti dei suoi presunti nemici. Dai loro sguardi, era chiaro che alcuni lo conoscevano. L'unica all'oscuro sembrava la ragazza bionda.

Il mago aveva quasi raggiunto l'altra torretta quando nel cortile risuonò la voce della regina: "Aldin, ti ordino di fermarti!"

Il vecchio rimase esterrefatto. Guardò in basso, cercando colei dalla quale era provenuto il richiamo. Non appena individuò il gruppo della sovrana, sul suo viso si dipinse una maschera di terrore. Arrestò per un attimo la propria corsa, incerto sul da farsi, poi, quando si avvide dell'approssimarsi dei suoi inseguitori, riprese immediatamente la fuga.

Raggiunto l'ingresso alla seconda torretta, Aldin si chinò per entrare, parve per qualche secondo lottare con qualcuno e ricomparve reggendo una bambina su un braccio, mentre con l'altro le puntava un pugnale alla gola. Lei scalciava e si dimenava, ma quando lui le premette la lama sulla pelle si acquietò di colpo. Dopodiché si rivolse ai suoi inseguitori: "Lasciatemi andare o la uccido! Tornate sui vostri passi. Indietro!"

Obolil borbottò: "Eh! È una vergogna, un disonore per tutti i maghi di questo mondo, un vero mentecatto."

"Aldin, liberala subito!" gli ordinò Aleia.

Il mago guardò prima in basso, poi gli uomini in viola di fronte a sé. Premette ancora di più il coltello sulla gola della bimba, provocando la fuoriuscita di qualche goccia di sangue.

Dietro di lui, dalla torretta sbucarono altri due ragazzini, prima un maschietto della stessa età della bambina, poi uno più piccolo e paffutello. Quest'ultimo aveva le lacrime agli occhi e balbettò: "Z-Zalbia, n-non a-a-a-vere p-p-paura. T-ti a-a-a-a-aiuteremo noi".

Aldin guardava ora davanti a sé, ora giù verso il cortile, ora alle sue spalle. Si rivolse di nuovo ai due inseguitori: "Andatevene o lei muore!" Spinse ancora più a fondo la lama sul collo della bimba, la quale, pallida e spaventata, cercava di resistere all'impulso di piangere.

Il vicecomandante Zai si voltò verso Lario e gli chiese: "Lo disintegriamo, Signore?"

Lil si rese conto che gli uomini in viola avevano le dita puntate verso l'alto.

Il comandante replicò: "No, se è venuto dal futuro è possibile che esigano il rientro alla sua epoca di partenza."

Il ragazzino dietro al mago, intanto, senza farsi notare aveva estratto un pugnale dalla fodera. Mentre Aldin era distratto dalle guardie di fronte a sé e dagli uomini nel cortile, il bambino balzò su di lui e lo trafisse alla schiena. Il vecchio lasciò andare la bimba e, cieco di dolore, si girò fendendo l'aria con la lama del coltello, che incontrò la gola del suo piccolo assalitore, dalla quale fuoriuscì un fiotto di sangue che gli zampillò sul viso.

"Disintegratelo," ordinò Lario. Aldin scomparve all'istante.

La ragazzina e il bimbo paffutello si gettarono sul corpo del loro amico agonizzante.

"Ti prego, ti prego, ti prego, non te ne andare, per favore, resta con me, per favore, per favore. Ti prego, resta con me," lo implorava Zalbia, posandogli infine le labbra sulla fronte. L'altro li osservava, piangendo in silenzio.

I rantoli di Moltil cessarono di colpo.

"Nooo!", gridò la piccola, con un urlo disperato che squarciò l'aria.

Gli uomini in viola raggiunsero i due bambini e provarono ad abbracciarli, ma la femminuccia prese per mano il compagno e corse via. I due li lasciarono fuggire.

Capitolo 10 – Lil

PALAZZO REALE DI ARDIS, ISK
2.000 ANNI PRIMA

Povero bimbo, pensò Lil, sentendosi in colpa. Con i suoi poteri avrebbe potuto provare a fermare il mago, invece non aveva fatto nulla. Era vero che era successo tutto così in fretta da non avere nemmeno il tempo di reagire, ma la morte di quel fanciullo le straziava il cuore in ogni caso. Si rese tuttavia conto che, con la scomparsa di Aldin, forse lei e la sacerdotessa avevano raggiunto il loro obiettivo.

Miril, credi che avesse già provocato la nascita del nuovo ramo?

No, non ancora. Appena arrivato è stato immediatamente intercettato dagli uomini in viola.

Allora... siamo salve?

Credo di sì, ma dobbiamo andarcene il prima possibile. Non conosciamo le loro intenzioni. Forse sarebbe meglio usare subito l'elastico temporale.

Quando Miril le aveva spiegato il meccanismo dei viaggi nel tempo, le aveva anche illustrato l'opzione dell'elastico temporale. I viaggiatori rimanevano legati al proprio tempo di provenienza, ma non al luogo, perché il tempo cercava in primis di ricucire l'anomalia di un corpo in un'epoca estranea. Era come se tendesse a rigettare presenze fuori posto. Questo era uno dei motivi per il quale quei viaggi richiedevano un enorme dispendio di energie rituali. D'altronde, nel momento in cui l'officiante non fosse più riuscito a sostenere le cariche energetiche necessarie per il viaggio, i viaggiatori sarebbero stati risucchiati nel proprio tempo in virtù dell'elastico temporale. Il luogo d'arrivo, però, non sarebbe stato quello da cui erano partiti inizialmente, bensì quello dove si trovavano al momento. L'elastico li avrebbe riportati al tempo di partenza, ma non al punto dal quale avevano intrapreso il viaggio. Per tornare esattamente lì, occorreva un rituale apposito.

Miril aveva aggiunto che, se Lil fosse rimasta sola, se la loro missione fosse fallita e lei non avesse avuto altra scelta, le sarebbe stato sufficiente pronunciare un particolare incantesimo per fare ritorno alla propria epoca. Doveva però stare molto attenta, perché in quel caso si sarebbe ritrovata alla corte di re Beanor. Sarebbe quindi dovuta ricorrere a una possibilità del genere solo in casi estremi.

Da quanto Lil sapeva del regno di Isk, quello era l'ultimo luogo dove sarebbe voluta finire.

Potrebbero essere loro a lasciarci andare.

Il comandante mi sembra ben intenzionato, ma in ogni caso dovremmo prima cercare gli elementi per il rituale di ritorno. Me li hanno sottratti durante la prigionia e non ho idea di dove possano averli riposti. È meglio usare l'elastico ora e poi spostarci nella nostra isola una volta nel futuro.

Mentre comunicavano, Lario aveva impartito una serie di ordini. La maggior parte degli uomini in viola aveva lasciato il cortile, essendo stato disposto il loro reimbarco sulle navi. Solo una ventina di essi, oltre al comandante e al suo vice, era rimasta di guardia al gruppo, in attesa di una decisione dei loro superiori.

Aspettano una risposta, riprese Miril. *Se dovessero ricevere l'ordine di liberarsi di noi, hai visto con quale velocità fanno scomparire le persone. Potrebbero eliminarci da un momento all'altro, senza l'ombra di un rimorso. Lil, dobbiamo andare, ora!*

La ragazza vide che anche la regina Aleia stava confabulando con i suoi, a voce troppo bassa, però, perché lei potesse udire cosa stessero dicendo. Gli uomini in viola si limitavano a tenerli d'occhio.

Miril aveva ragione. Quegli individui non sembravano malvagi, ma avrebbero eseguito qualsiasi ordine senza battere ciglio e in un istante loro due sarebbero state disintegrate.

Ma come faremo per tornare sulla nostra isola quando saremo nel nostro tempo? chiese alla sacerdotessa.

Appena giunte nel cortile del Palazzo, dovremo subito cercare un luogo dove nasconderci. Nessuno aspetta il nostro arrivo e mi auguro che questa volta passeremo inosservate. Dovremo muoverci rapidamente alla ricerca degli elementi per il rituale. Quelli per gli spostamenti sono molto più facili da trovare.

E... la Barriera? Come faremo a superarla?

Non sarà un problema. Riconoscerà le nostre frequenze e ci lascerà passare. Peccato non avere la possibilità di studiare meglio i nostri nuovi 'amici'. Ora andiamo!

Miril le si avvicinò e l'abbracciò.

Lil la guardò negli occhi, chiedendosi come facesse ad apparire tanto bella. Lei invece si sentiva in pessime condizioni. Aveva urgente bisogno di lavarsi e prendersi un po' cura di sé. La sacerdotessa, al contrario, era come sempre in perfetta forma e aveva un buon odore. Lil premette le labbra su quelle di lei, chiuse gli occhi e la baciò.

Pronta? le chiese Miril.

Gli uomini in viola osservavano impassibili le effusioni tra le due. Nell'altro gruppo, invece, il giovane mago Ilis le sbirciava di sottecchi cercando di non farsi notare da Milia.

Sì, sono pronta, rispose Lil, *andrei ovunque con te.*

La sacerdotessa allontanò leggermente la giovane da sé e pronunciò: *Elai zamat strin magai sdrena!*

Il cortile cominciò a ruotare, diventando sempre più grande.

Gli uomini in viola le guardarono sorpresi, alcuni con le dita puntate verso di loro. Aleia era incuriosita, Obolil appariva furibondo e tutti gli altri esterrefatti.

Lil e Miril si fecero sempre più piccole.

Quando non furono più alte delle calzature dei soldati in viola, ci fu un lampo, seguito da un attimo di completa oscurità.

Le due ricomparvero nello stesso cortile da cui erano partite poco prima. Il luogo, tuttavia, era sontuosamente addobbato e affollato di donne e uomini vestiti di stupendi abiti variopinti. Mentre Miril si guardava intorno in cerca di una via di fuga, tutti si erano voltati a fissarle, incuriositi.

Lil non si sarebbe mai aspettata una corte tanto splendente!

Capitolo 11 – Miril

PALAZZO REALE DI ARDIS, ISK
PRESENTE

Non erano molte le volte in cui la sacerdotessa Miril aveva osato avventurarsi in astrale fin nel Palazzo Reale di Ardis. Benché il consigliere Tuirl le avesse sempre fedelmente riferito dei movimenti dei maghi di corte, capitava di rado che questi si assentassero. Lei era ben conscia dei pericoli. Con le protezioni magiche di cui i suoi nemici disponevano, sarebbero probabilmente stati in grado di rilevare la sua presenza e, a causa della debolezza del corpo astrale, nulla avrebbe potuto in uno scontro diretto. Quando in passato aveva dovuto spingersi fino al Palazzo Reale, lei e il consigliere avevano preso tutte le precauzioni del caso, con Tuirl che aveva assegnato ai maghi dei compiti che li tenessero lontani per il tempo necessario. Aveva comunque sempre fatto incursioni piuttosto brevi ed era stata ben felice di ritornare al sicuro dal proprio lato della Barriera. L'impressione che si era fatta di quel luogo era tuttavia molto differente da quanto poteva vedere in quel momento.

Si guardò velocemente attorno, ma non era facile individuare una via di fuga in mezzo a quella folla di persone ben vestite che la osservavano. In più, i ricordi dei suoi viaggi non smettevano di bussare alla sua memoria, facendola dubitare di trovarsi realmente nel Palazzo di Ardis.

La curiosità ebbe il sopravvento e la indusse a rivolgersi al più vicino gruppo di dame: "Siamo alla corte di re Beanor?"

Notando l'aria perplessa delle sue interlocutrici, si corresse: "Volevo dire… della regina Aleia?"

Una di loro, vestita di un elegante abito blu, con le spalle coperte da un prezioso pellicciotto color avorio e un grosso diamante tra i seni ben in evidenza, ribatté: "Re Beanor? E chi sarebbe?"

Miril, cosa sta succedendo? Dove siamo? le chiese Lil.

Sto cercando di scoprirlo. La sacerdotessa aveva ben chiaro che la priorità era la fuga. Probabilmente le guardie del Palazzo erano già state avvisate, anche se qualcosa non quadrava. Guardò ancora la folla intorno a sé, che ormai si era disposta in cerchio attorno a loro.

Un giovanotto, vestito tutto di indaco, con un fiocco al collo e le calze che gli arrivavano al polpaccio, domandò: "Chi siete?"

Di fronte all'esitazione di entrambe, esclamò: "Ma certo! Siete qui per lo spettacolo di magia in onore del principe Eu. Brave, brave! Comparire dal nulla... che abilità!" E così dicendo, si mise ad applaudire, imitato da tutti gli altri.

Miril ebbe un'intuizione che le fece gelare il sangue, ma si fece forza, convincendosi che forse non tutto era perduto.

Lil, avvertendo lo sconvolgimento interiore della sacerdotessa, le chiese: *Miril, non dovrebbe esistere nessun principe Eu, vero?*

No, nessuno me ne ha mai parlato. E questo Palazzo... è completamente diverso dal luogo che ho visitato in astrale.

È cambiata la storia? Siamo su un nuovo ramo del tempo?

Miril percepì distintamente i pensieri della compagna. Erano come un fiume in piena, impossibili da arrestare o da contenere. Lil rimpiangeva la vita che aveva perduto e che forse non avrebbe più ritrovato: la gioia del contatto con i genitori, i giochi, i balli, le serate intorno al fuoco, le avventure nei boschi, i canti, i primi amori, il matrimonio. Desiderava un legame con il passato, lo cercava disperatamente. Si era sentita a un passo dal raggiungerlo e ora questa nuova incertezza la sconvolgeva.

Miril per un attimo ne fu gelosa, ma poi pensò che, se pur era vero che la ragazza rivoleva così ardentemente indietro la sua vita di un tempo, ciò non significava che in quella realtà non potesse esserci spazio per il loro amore.

Lil, le modifiche in questo ramo potrebbero riguardare solo Isk. Forse Turios è come l'abbiamo lasciata.

Scopriamolo, Miril. Ti prego... quest'attesa mi sta uccidendo. Dobbiamo sapere!

Il desiderio dell'amica indusse la sacerdotessa ad abbandonare ogni cautela. "Potreste dirci dove trovare il vostro re?" chiese al giovanotto.

"Re Setniat? Ma certo! Vi scortiamo noi nella sala del trono. Il sovrano sarà felicissimo di incontrarvi! Il Palazzo pullula dei migliori artisti del regno, ma il vostro ingresso è stato assolutamente strabiliante! Venite da questa parte."

Si incamminarono dietro il giovane, con una folla di dame e signori al seguito.

Lil sgranava gli occhi di fronte alle meraviglie del Palazzo, completamente diverso da quello di duemila anni prima. All'esterno era un tripudio di piante, fiori e fontane, e all'interno ogni sala era decorata con splendidi affreschi che ricoprivano per intero pareti e soffitti. Per gli ornamenti era stata impiegata una tale quantità di oro da rendere ogni ambiente fulgido e sfavillante.

Al loro passaggio, in molti si giravano a guardarle incuriositi, commentando a bassa voce, anche se alcune donne storcevano il naso dinanzi al loro abbigliamento trasandato.

Miril registrò la presenza di pochissime guardie, che si limitavano per lo più a prendere nota della situazione.

Raggiunta la sala del trono, vide una gran folla. Avrebbe preferito un primo incontro più riservato, ma in quel momento il sovrano stava tenendo udienza.

Il giovanotto che le aveva guidate fin lì, parlando a voce alta, annunciò: "Maestà, sono qui di fronte a voi per presentarvi le più spettacolari maghe del regno, giunte a Palazzo per dimostrare il proprio valore nei deliziosi festeggiamenti del principe Eu. Mai artista è stato in grado di fare il suo ingresso in maniera tanto sorprendente: sono comparse dal nulla al centro del cortile est."

Tra la folla si creò un varco, nel quale avanzarono Miril e Lil.

Seduto sul trono, re Setniat non poteva essere più lontano dal ricordo che Miril aveva di re Beanor: aveva barba e capelli castani lunghi e ben curati, il viso caratterizzato da lineamenti morbidi e di corporatura era leggermente sovrappeso. Indossava un abito color rosso scarlatto con un pellicciotto bianco e nero sulle spalle e un lungo mantello bianco. La sua corona era impreziosita da rubini, diamanti e pietre di ogni colore. Il trono su cui sedeva riluceva di una brillante sfumatura dorata.

Non appena il sovrano ebbe aperto bocca, Miril si rese conto della sua bontà d'animo. Re Setniat, sorridendo amabilmente, esordì dicendo: "Avvicinatevi ancora, vi prego. Con una presentazione del genere, come potrei resistere alla curiosità di fare subito la vostra conoscenza? Come vi chiamate?"

"I nostri nomi sono Miril e Lil," rispose la sacerdotessa, avanzando di qualche passo verso il trono.

"Vedrete, vedrete cosa sono capaci di fare," diceva intanto Ubino dietro di loro.

"Avanti, non siate timide. Presentatevi. Raccontate a questa corte da quale villaggio venite, in quali arti eccellete e chi sono i vostri maestri."

Miril sospirò profondamente. Qual era il rapporto di quel regno con la loro isola? E se fosse stato un errore farsi condurre dal sovrano? Non si trovavano alla corte di re Beanor, ma la millenaria inimicizia che opponeva Isk e Turios poteva sussistere anche in quel particolare ramo del tempo. Eppure Setniat le ispirava fiducia e non avrebbe voluto mentirgli.

"Con il vostro permesso, Maestà, e chiedendovi umilmente scusa, siamo costrette a porvi un quesito che ci sta molto a cuore. Abbiamo viaggiato a lungo consapevoli che, solo presso di voi, avremmo potuto trovare una risposta alle nostre domande."

"Ma certo, cosa vi sta tanto a cuore?" replicò Setniat, gentilmente.

"Conoscete l'isola di Turios?"

Il sorriso scomparve dal volto del sovrano, il quale distolse lo sguardo, come ferito. L'atmosfera spensierata che fino a poco prima si respirava nella sala volò via veloce come una folata di vento.

"Tutti noi, mie care signore, la conosciamo, e mi sorprende che non sia lo stesso per voi. L'isola di Turios è abitata dai discendenti del popolo che in passato i miei avi hanno quasi sterminato. Abbiamo pagato e stiamo tuttora scontando a caro prezzo quella lontana, inaudita crudeltà. Da duemila anni Isk è isolata, impossibilitata a comunicare con chiunque a Sud, in attesa del perdono degli dei. Perché siete interessate a rivangare questa triste vicenda?"

Miril stava per rispondere quando Lil la anticipò: "Noi due proveniamo dall'isola di Turios, Maestà."

La sacerdotessa la guardò di sbieco, senza dir nulla.

I presenti accolsero con enorme stupore la dichiarazione della giovane. Si udirono mormorii sommessi, sospiri, addirittura pianti soffocati.

Il sovrano si alzò in piedi e scese i gradini che lo separavano dalle due donne.

Miril poteva percepire l'eccitazione della sua compagna, che tratteneva il respiro, con il cuore in gola.

Osservarono re Setniat avvicinarsi in silenzio, con aria greve. Quando giunse di fronte a loro, si inginocchiò e disse: "Sapevo che un giorno sarebbe arrivato questo momento. Messaggere degli dei, io, re Setniat, vi chiedo perdono per le atrocità perpetrate dai miei avi. Sono trascorsi molti anni e il nostro unico desiderio è riunire i nostri popoli nella pace e nella fratellanza. Vi prego, accettate le nostre scuse," concluse, abbassando il capo.

Lil si chinò a propria volta, abbracciandolo e invitandolo a rialzarsi: "Non avete nulla di cui farvi perdonare. Non è vostra la responsabilità, bensì dei vostri antenati. La nostra unica speranza, ora, è quella di poter fare ritorno alla nostra terra, per sciogliere per sempre i nodi che tanto a lungo ci hanno tenuti separati."

Entrambi si rimisero in piedi. Setniat allungò una mano, invitando Miril a unirsi a loro. La sacerdotessa si unì ai due in un forte abbraccio.

In molti lì attorno avevano le lacrime agli occhi.

I cuori di Lil e Miril ora battevano all'unisono. Avrebbero ritrovato la loro isola, dove erano ancora tutti vivi. Non c'era stato alcun attacco proveniente da Isk, nessuna pioggia di schegge. Amici, parenti, genitori. Tutti coloro che avevano creduto perduti erano sani e salvi. E anche Bashinoir viveva ancora.

Un brusio si levò dal fondo della sala, dove le guardie stavano scortando l'ingresso di un nuovo gruppo di persone.

La regina Aleia, furibonda, stava dicendo a un soldato: "Toglimi immediatamente le mani di dosso!"

Capitolo 12 – Yin

SPAZIO, FEDERAZIONE DEI MONDI
2.000 ANNI PRIMA

Nell'immenso nucleo centrale del governo della Federazione dei Mondi, denominato *Spazio,* l'analista Yin ricevette un hyperolo che lo mise subito in allerta. Proveniva dai Viraz, i gestori di un'area planetaria protetta. Il Sistema aveva classificato la comunicazione come ad altissima priorità, attribuendole le inconsuete etichette *magia* e *viaggi nel tempo.*

Yin ripeté mentalmente la procedura da seguire in quei casi. Non voleva commettere errori, anche se confidava nell'aiuto del Sistema, che all'occorrenza sarebbe venuto in suo soccorso.

Trasse un profondo respiro.

Sapeva che l'ultima allerta di quel tipo era vecchia di due secoli e gli sembrava alquanto singolare che dopo così tanto tempo proprio a lui fosse toccato qualcosa di simile.

Che fosse un test? Non era raro che i nuovi analisti venissero impegnati nella gestione di situazioni delicate per mezzo di simulazioni.

Erano coinvolti anche altri? Si guardò intorno, per verificare se l'espressione di qualche collega tradisse il suo stesso sconcerto, ma non notò nulla di anomalo.

Nella sua area si trovava in compagnia di altre centinaia di operatori e la sua era tutto sommato una delle sezioni più piccole.

Spazio era una gigantesca sfera sistemata all'estremità della nave ammiraglia della FM. Il materiale ultraresistente della barriera protettiva era completamente trasparente, tanto che sembrava quasi di trovarsi all'esterno.

Migliaia di postazioni erano disposte in cerchi concentrici, con i vertici delle forze armate e di governo – presenti fisicamente o tramite ologrammi – in quelli più interni.

Al centro, in un'area vuota delle dimensioni di un piccolo asteroide, si trovava Molov, il Presidente della Federazione dei Mondi. Solo ai ranghi più alti del governo veniva consentito di attraversare quella zona. Yin non si era mai neppure sognato di avvicinarcisi, tuttavia si soffermò a riflettere sul fatto che magari, se avesse gestito nel migliore dei modi quell'allerta, avrebbe potuto fare carriera e ritrovarsi entro breve a lavorare in uno di quei cerchi.

"Sistema, riesegui il controllo sull'integrità della comunicazione."

"Il livello di integrità è del 100%," rispose l'intelligenza artificiale.

Bene! Se l'hyperolo fosse stato corrotto, il Sistema l'avrebbe certamente segnalato. In ogni caso, era sempre bene fare un'ulteriore verifica.

I Viraz, a quanto pareva, avevano trovato tracce di uso di magia e, addirittura, modifiche al tessuto temporale. Era del tutto inconcepibile che, nella loro epoca, potesse ancora accadere qualcosa di simile. Yin dovette ammettere che era la cosa più sorprendente che gli fosse mai capitata. Quando aveva deciso di intraprendere la difficile professione di analista, aveva sognato spesso di trovarsi un giorno a gestire una situazione delicata, ma non avrebbe mai potuto immaginare un'analisi riguardante l'utilizzo della magia.

Richiamò l'ologramma della riserva planetaria in questione. Era un bel mondo, con moltissima acqua, dove la maggior parte dei popoli viveva ancora all'oscuro dell'esistenza di forme di vita intelligenti al di fuori del loro pianeta. L'unica specie evoluta era umana e la popolazione tecnologicamente più avanzata erano i Viraz, gli unici che avessero contatti con la FM. Proprio a loro era stata assegnata la gestione del globo. Il codice di quel mondo era Rz-472-ay, ma in viraziano si chiamava Gyndia.

"Sistema, inserisci le informazioni rilevanti nel rapporto e inoltra la richiesta di autorizzazione per l'apertura di un'attività di approfondimento."

La IA eseguì il comando e Yin riprese il proprio lavoro di routine, in attesa di una risposta che sapeva avrebbe richiesto parecchie ore.

Ogni rapportino doveva essere analizzato dagli operatori di numerosi cerchi più stretti del suo prima di giungere a qualcuno che disponesse delle autorizzazioni necessarie. Un'allerta di quel tipo sarebbe probabilmente arrivata fino agli anelli più vicini a quelli governativi e per ciascun passaggio ci sarebbe voluto molto tempo.

Si stava ancora domandando come fosse possibile che all'interno della Federazione fosse stata inoltrata una segnalazione sull'uso della magia quando si accorse che tutti gli altri analisti intorno, sopra e sotto di lui, si erano voltati a guardarlo.

Lo sapevo che era una simulazione. Fece dei cenni di intesa ai colleghi più vicini, come a dire *Sì, sì, ho capito,* ma la loro espressione seria gli instillò più di un dubbio.

Si girò e vide il generale Varmin intento a leggere attentamente i dati di diversi ologrammi fluttuanti nella sua postazione.

Yin si irrigidì e si mise subito sull'attenti, mimando un saluto militare al quale Varmin rispose con un gesto automatico, senza distogliere lo sguardo da quello che stava facendo.

"Analista, è possibile che la comunicazione sia stata alterata o corrotta in qualche modo?" chiese il generale, un uomo robusto, non molto alto, con i capelli rossicci a spazzola.

"Il Sistema ne ha verificato due volte l'integrità e tutto risulta a posto."

"Mi segua."

Sospinto dai microacceleratori della tuta, Yin seguì il generale Varmin nei corridoi principali di *Spazio*.

Al loro passaggio la maggior parte degli analisti si voltò a guardarli. Il generale era uno dei dodici capi delle forze armate della Federazione ed era molto raro che si recasse personalmente nei cerchi esterni. In effetti, la criticità che Yin si era trovato a gestire non gli sembrava di livello tale da richiedere l'intervento militare immediato. All'analista sarebbe piaciuto seguire il protocollo e avviare la consueta attività di approfondimento. Quell'eccezione lo sconcertava, ma si augurò che un contatto diretto con un superiore di così alto livello avrebbe impresso un'accelerazione determinante alla sua carriera.

Quando giunsero negli anelli più interni, Yin, che indossava la tuta bianca del suo grado, si sentì a disagio in mezzo ai livelli grigi, rossi, gialli, blu e verdi. Non aveva mai avuto occasione di comunicare direttamente con nessuno di essi. Rimase ancora più sconvolto quando il generale proseguì fino alla soglia dell'area interna di *Spazio*. Deglutì, visibilmente agitato.

Varmin attese per diversi minuti, mantenendo un atteggiamento impassibile. Yin avrebbe voluto domandare quale fosse la loro destinazione, ma non osava aprire bocca e il generale non sembrava particolarmente incline a fare conversazione.

Infine, un ologramma del Sistema apparve dal nulla di fronte a loro, annunciando: "Il Presidente la aspetta, generale."

Yin si affrettò a seguire Varmin nell'area vuota. Guardandosi intorno, si rese conto che visto da lì, *Spazio* sembrava profondamente diverso.

Tutt'attorno a loro, le aree dei militari, dei politici, dei ministeri e degli analisti apparivano come tante stelle, così numerose da confondersi e quasi oscurare quelle vere.

Si stava davvero avvicinando al Presidente? Benché quello fosse soltanto uno delle centinaia di corpi di Molov, la maggior parte della popolazione della galassia per tutta la vita non aveva modo di vedere altro che un suo ologramma. Gli analisti come lui che avevano l'onore di lavorare in *Spazio* – al quale potevano accedere solo le migliori menti della FM – trascorrevano l'intera esistenza senza mai avere accesso alla Presidenza. Ora invece il generale Varmin sembrava diretto proprio verso il centro.

Quando raggiunsero il nucleo, Molov comandò al Sistema di chiudere alcuni delle decine di ologrammi aperti intorno a lui.

Era esattamente come appariva nella realtà virtuale: un ragazzo dai lineamenti netti, decisi, con la pelle perfetta, i capelli castani corti pettinati con la riga, la tuta nera con rilievi grigi e il classico scollo a V. Il Presidente manteneva quello stesso aspetto da migliaia di anni.

Lui e il generale si scambiarono il saluto militare coi due pugni uniti all'altezza del petto, imitati da Yin, che rimase sull'attenti.

"Generale," esordì Molov, "si tratta dunque di un'allerta di primo livello?"

"È esatto, Presidente. Giunta da pochissime ore. L'analista Yin, qui presente, ha richiesto di procedere con un approfondimento analitico. Lei è l'unico che possa autorizzarlo."

Molov annuì, soppesando le parole del militare, quindi si guardò intorno e sospirò più volte, dondolando la testa.

"Non è necessario alcun approfondimento, generale. L'ultimo caso risale a 237 anni fa e anche quella volta la tempistica si rivelò un elemento essenziale." Dopodiché si rivolse a Yin, chiedendogli: "Quanti sono gli individui attualmente fuori dal proprio tempo?"

"Tre uomini e quattro donne," rispose meccanicamente il giovane, ripetendosi mentalmente che doveva calmarsi, mantenere il sangue freddo e cercare di fare una buona impressione. *Se sarò perfetto, dopo questo colloquio mi faranno avanzare di almeno tre cerchi.*

"Le priorità, generale, sono innanzitutto il rientro di questi soggetti nel loro tempo. Successivamente, occorre disporre un intervento di livello Z," dichiarò il Presidente.

Varmin non riuscì a tenere a freno la propria perplessità: "Di livello Z, Presidente?"

Molov annuì, dondolando ancora il capo.

Yin conosceva bene le diverse tipologie di intervento, aveva iniziato a studiarle sin dai tempi dell'accademia. Il livello Z corrispondeva all'eliminazione programmata di un intero mondo. Aveva sempre creduto che fosse soltanto un'operazione puramente teorica, retaggio delle guerre del passato.

"E quando dovremmo attivarlo, Presidente?" chiese il generale.

Yin non credeva alle proprie orecchie. Varmin stava forse mettendo in discussione l'ordine del suo superiore? Davvero esisteva qualcuno che potesse arrogarsi un simile diritto?

"Non appena questi individui saranno ricomparsi nel futuro, attiveremo subito il livello Z," ribadì Molov, senza mostrare alcun fastidio.

"Presidente, se mi è consentito, una volta programmato il livello Z nel Sistema, non sarà più possibile effettuare variazioni. Perché operare con un tale anticipo?"

Molov si guardava intorno, come perso nei propri pensieri. In quel momento appariva quasi disinteressato alla faccenda, come se stesse già pensando ad altro.

"Generale, crede forse che cambierò la mia opinione nei prossimi duemila anni?"

"No, certamente no, tuttavia..."

"Tuttavia?" lo incalzò, fissandolo negli occhi.

"Potrebbero esserci dei cambiamenti..."

"Cambiamenti, generale? Quali cambiamenti? Magari qualcun altro al posto mio?" Molov scrutò per qualche attimo Varmin come se volesse estorcergli una verità inconfessabile, ma subito dopo distolse lo sguardo e proseguì, in tono seccato: "Generale! È un pianeta minuscolo! Sono poche centinaia di milioni di abitanti intelligenti! E io ho una galassia da gestire! Sappiamo *bene* che anche un unico mutamento nel tessuto spazio-temporale potrebbe avere ripercussioni ovunque. Possiamo correre questo rischio? E per cosa? Per salvare una piccola riserva planetaria? Probabilmente gli esseri intelligenti di quel mondo non arriveranno *mai* a un livello di interconnessione galattica. Generale, non è mia intenzione perdere altro tempo su questi dettagli. E, se vuole fare carriera, rammenti bene: gli ordini né si discutono né si ridiscutono, mai! Neppure a distanza di duemila anni!"

Appena ebbe finito di parlare, riaprì una decina di ologrammi, sui quali si rimise a lavorare.

"Presidente," insistette Varmin, "sono più di due secoli che non eseguiamo un livello Z e abbiamo ben due millenni dinanzi a noi. Possiamo impiegare qualche settimana in eventuali analisi?"

Molov non si voltò neanche e continuò a spostare l'attenzione da un ologramma all'altro.

"Generale, una minaccia al tessuto spazio-temporale è più che sufficiente per determinare il destino di quel mondo. Esegua l'ordine. E si ritenga congedato."

Varmin non si mosse. Yin avrebbe voluto essere ovunque tranne che lì.

"Non posso avviare la procedura, Presidente."

"Non può? E perché mai?" domandò Molov, senza girarsi.

"Il livello Z richiede un'autorizzazione del Consiglio," spiegò l'altro, con l'aria di chi era consapevole che quell'insubordinazione avrebbe potuto porre fine alla sua carriera.

"Del Consiglio, generale? È sicuro di volere che scomodi i membri del Consiglio per questioni che loro preferiscono delegare a me?"

"Presidente, è la regola."

"La regola. Oh sì, è la regola! E la Federazione si regge sulle regole. La Federazione non si muove senza regole. E sia, riuniamo il Consiglio," concesse Molov. "Sistema, riunione del Consiglio dei Settori della Federazione."

Spazio, intorno a loro, scomparve, oscurato da una parete sferica nera.

Dalla sua postazione, Yin non si era mai reso conto che il lavoro del Presidente, notoriamente e per regolamento sotto gli occhi di tutti, ben visibile e basato sulla trasparenza, potesse talvolta proseguire in un ambito più privato.

Di fronte ai tre comparvero le dodici postazioni dei membri del Consiglio.

Per qualche minuto attesero l'arrivo degli ologrammi dei consiglieri, i quali avevano subito messo a disposizione uno dei loro corpi, com'era d'obbligo in occasione di una convocazione presidenziale.

Quando furono tutti al loro posto, il Sistema annunciò: "Anno 8324, mese 15, giorno 34, ore 36.43. Riunione del Consiglio della Federazione dei Mondi. Presenti il Presidente Molov, i membri del Consiglio al completo, il generale Varmin e l'analista Yin. La riunione ha inizio."

Prese la parola il Presidente: "Analista Yin, può gentilmente informare il Consiglio sul contenuto della comunicazione appena ricevuta?"

A Yin si seccò la gola. La mente era vuota e i pensieri fluttuavano altrove. Non riusciva a formulare un solo concetto di senso compiuto. *Sto parlando di fronte al Consiglio della Federazione*, fu tutto ciò cui riuscì a pensare.

Si voltò verso il generale, l'unico che in quel momento sentisse vicino a sé, augurandosi che venisse in suo soccorso, ma l'altro rimase impassibile. Yin si chiese perché mai spettasse a un analista di basso livello il compito di esporre i fatti di fronte al Consiglio. *Forse il Presidente ha agito di proposito. Forse non vuole che il generale prenda la parola.*

Il silenzio era assoluto, tutti erano in attesa del suo intervento.

Yin, si disse, *questo è il tuo momento per fare carriera. Sei davanti agli uomini più potenti della Federazione. Ora o mai più.*

Aprì la bocca per parlare, ma non ne uscì alcun suono.

Finì per desiderare disperatamente di trovarsi ovunque tranne che lì.

"Allora, analista?" lo incalzò Molov.

Yin si fece coraggio.

Parlò in maniera meccanica, come un robot degli albori, riferendo dell'arrivo dell'hyperolo, dell'allerta derivante dalle modifiche al tessuto spazio-temporale e di come avesse tempestivamente redatto il rapporto con gli elementi salienti, che elencò al Consiglio.

"Benissimo. Grazie, analista, non occorre aggiungere altro," lo interruppe il Presidente. "Signori," riprese, rivolto ai membri del Consiglio "ci troviamo di fronte a una minaccia gravissima. Le modifiche al tessuto spazio-temporale potrebbero avere conseguenze imprevedibili, riflettendosi in un punto qualsiasi della galassia. Non esiste luogo o tempo che possa contare sulla certezza di rimanerne immune.

Come sapete, l'uso della magia è stato bandito dalla Federazione seimila anni fa, quando la FM decise di estirpare da tutti i mondi esistenti ogni possibile riferimento a tali pratiche arcane. Da allora, le modifiche spazio-temporali sono uno dei reati più gravi che un essere vivente possa commettere.

Se nessuno dei presenti ha dimestichezza con la questione, è solo perché la FM è intervenuta prontamente in tutti i casi che hanno richiesto la sua attenzione, l'ultimo dei quali 237 anni fa.

Credevamo di avere estinto per sempre questo virus, capace di infettare i nostri mondi causando danni irreparabili, ma ci eravamo sbagliati. Le ragioni sono da ricercarsi nei regolamenti troppo restrittivi a garanzia delle aree protette e su questo dovremo dibattere a lungo.

Quello che tuttavia ci preme ora è una risposta immediata all'emergenza. Sulla base del protocollo e delle esperienze fin qui maturate, è necessario procedere subito con il raggio nebulizzatore, tarandolo poco dopo il rientro dei viaggiatori del tempo, esattamente tra duemila anni, al termine dei quali del pianeta Rz-472-ay non dovrà rimanere traccia, per il bene della Federazione e dei vostri settori."

Al discorso del Presidente seguì qualche momento di silenzio, interrotto dal membro del Consiglio Dandilus, che disse: "Presidente, vi ringraziamo per averci convocato con tanta sollecitudine per una questione così importante. La soluzione che propone è senz'altro sensata, ma mi consenta di avanzarne una alternativa."

Yin lo osservò attentamente: aveva le sembianze di un pesce molto simile a un delfino e faceva parte di una delle razze più nobili e antiche della Federazione. Erano stretti alleati degli umani, ma anche in perenne competizione per la *leadership*.

L'analista si augurò che Dandilus, sebbene non avesse avuto occasione di ascoltare la proposta del generale, fosse a sua volta favorevole a misure più caute. Con il passare del tempo, Yin si sentiva sempre più a disagio. Comprendeva le ragioni addotte dal Presidente e non si sarebbe mai sognato di contestarle, ma, allo stesso tempo, parteggiava per il generale Varmin, la cui soluzione gli avrebbe permesso di portare avanti il proprio lavoro e, forse, prospettato la guida di un importante *pool* di ricerca. I risultati della sua analisi avrebbero avuto una tale eco tra gli altri analisti e i supervisori da aprirgli definitivamente le porte di una brillante carriera. Se invece quell'operazione non avesse avuto luogo, molto probabilmente sarebbe tornato alla sua routine quotidiana. E, in ogni caso, l'idea di eliminare un intero pianeta non gli andava del tutto a genio, anche se era per il bene della Federazione.

“Perché non eliminarlo ora?” chiese Dandilus.

Yin rimase scioccato.

Il Presidente, dondolando la testa, rispose: “L’analista riferisce che, secondo i gestori dell’area, i viaggiatori del tempo provengono da un periodo di duemila anni più avanti. In questo lasso temporale il pianeta risulterà negli elenchi delle aree protette e i gestori ne invieranno regolarmente i rapporti. Benché isolato dal resto della FM, continuerà a esistere. Se lo eliminassimo ora, produrremmo delle modifiche agli eventi che, seppur minime, potrebbero avere ripercussioni difficili da controllare. Per porre fine alla minaccia di alterazioni allo spazio-tempo, rischieremmo di provocare *noi* uno strappo ancora più vistoso, eliminando un pianeta che nei prossimi due millenni deve rimanere dov’è adesso.

No! Dobbiamo ordinare ai gestori il rimpatrio immediato dei viaggiatori del tempo ed è necessario che ogni azione correttiva resti circoscritta a quel mondo.

Sappiamo bene che tentare il ripristino dei rami precedenti in realtà non fa altro che crearne di nuovi. Ogni modifica al tempo complica le cose, perciò nei prossimi duemila anni i Viraz dovranno vegliare affinché tutto proceda esattamente come dovrebbe, senza ulteriori variazioni al tessuto temporale.

Al termine di questo periodo, il pianeta sarà nebulizzato e la minaccia sradicata, per sempre.”

“Cosa accadrà ai viaggiatori del tempo?” chiese ancora Dandilus.

“Dovranno essere eliminati, insieme al resto di Rz-472-ay.”

“Non sarebbe preferibile la loro estrazione? Seimila anni è un periodo piuttosto lungo, Presidente, per estirpare del tutto una minaccia. Mi chiedo come mai la Federazione non sia stata capace di espletare una tale attività. Se ancora ci troviamo di fronte a minacce in grado di mettere a repentaglio l’esistenza di ogni abitante della FM, forse l’esecuzione del regolamento non è stata così impeccabile A questo punto, dove ricercare informazioni migliori sull’origine di tali rischi, se non da quegli stessi individui che lei vorrebbe eliminare?”

Yin si rese subito conto che il riferimento all’inefficacia esecutiva era un attacco diretto all’operato del Presidente, tuttavia Molov, senza scomporsi, rispose: “Membro del Consiglio Dandilus, questi viaggiatori del tempo costituiscono una minaccia di altissimo livello. Insisto perché siano semplicemente eliminati insieme al loro pianeta, in modo da assicurarci che non possano nuocere oltre. L’opera di ricerca e controllo può essere intensificata nel rispetto delle procedure e dei regolamenti, anche in assenza di un'attività di studio. E un unico caso dopo 237 anni, tenendo conto che anticamente la galassia era infestata da magia, spiritualismi e religioni, non è sufficiente per riconsiderare la correttezza dei nostri protocolli e l'efficacia della loro esecuzione."

"Presidente, sta forse ammettendo di non poter garantire livelli di sicurezza adeguati?" insistette Dandilus. "La FM non è in grado di monitorare un ristretto manipolo di individui sotto custodia assicurando al contempo la nostra incolumità? Propongo formalmente di votare l'estrazione e il successivo studio dei viaggiatori del tempo, al fine di comprendere l'origine delle loro azioni per una migliore prevenzione futura."

Molov non replicò.

Yin seguiva spesso le riunioni del Consiglio, che per legge dovevano essere trasmesse pubblicamente. Gli sembrava strano che se ne potessero svolgere anche di segrete. Ad ogni modo, da tutte quelle a cui aveva assistito, aveva imparato che era sufficiente che un membro chiedesse ufficialmente di mettere una mozione ai voti perché il Consiglio fosse chiamato a esprimersi in proposito al termine della riunione.

Dandilus tacque soddisfatto, muovendo le pinne per arretrare leggermente.

"Presidente, quando sarà azionato il raggio nebulizzatore?" chiese il membro del Consiglio Garamin, un'intelligenza composta da una nube di microparticelle molecolari in perenne movimento. Si esprimeva tramite impulsi luminosi in base a un codice binario. Come per tutti gli altri, era il Sistema a fornire una traduzione istantanea alla portata di tutti.

"Subito! Il regolamento prevede che la FM in casi simili non indugi in alcun modo. Inoltre, un viaggio di duemila anni consentirà un enorme risparmio nell'apertura dei cunicoli. Il generale Varmin supervisionerà i preparativi per la calibrazione del Raggio dei Mondi, che non dovrebbero richiedere più di un paio di settimane, al termine delle quali il dispositivo sarà azionato. Raggiungerà Rz-472-ay subito dopo il rientro dei viaggiatori del tempo nel loro punto di partenza, con uno scarto massimo di pochi giorni."

Yin sapeva che su questo punto il Presidente aveva vinto a priori e che non ci sarebbe stata nessuna obiezione. L'obbligo del rispetto dei regolamenti era una faccenda importante per tutti, ma la seconda questione, relativa al costo dei cunicoli, era determinante. Il Raggio dei Mondi era un'arma estrema, costruita in un'epoca in cui lo sforzo bellico aveva giustificato qualunque spesa. Significava trasferire una gigantesca quantità di energia da un punto dello spazio a un altro. Se questa avesse viaggiato alla velocità della luce, il Raggio, per l'impossibilità di arrivare a destinazione in tempo utile, non sarebbe servito a nulla. Venivano perciò sfruttati gli stessi cunicoli usati dalle astronavi. Questi erano di due tipi: fissi e temporanei. I primi avevano un costo minore, i secondi di gran lunga più alto. Per convogliare l'energia necessaria per l'eliminazione di un mondo da un punto all'altro della galassia, occorreva avvalersi di cunicoli temporanei estremamente dispendiosi. L'arco di duemila anni avrebbe consentito di ridurre in modo significativo la spesa e di spalmarla in un periodo più lungo. I consiglieri, notoriamente attenti al problema spese più che a qualsiasi altro aspetto, su questo non avrebbero certo avanzato obiezioni.

Dopo aver risposto, il Presidente tacque per diversi secondi, chiedendo infine: "Ci sono altre domande?"

Yin guardò a turno i membri del Consiglio, augurandosi con tutto se stesso che qualcun altro mettesse in discussione il piano di Molov. Possibile che tutti fossero concordi nell'eliminare un mondo, senza ulteriori studi e analisi? Non era in antitesi con le abituali procedure della Federazione, secondo le quali tutto doveva sempre essere vagliato, compreso, classificato e verificato? E soprattutto, perché proprio quel caso, il primo capitato a lui, doveva rappresentare un'eccezione?

"Presidente," disse Varmin, riaccendendo le speranze dell'analista.

"Generale," controbatté subito l'altro, "le ricordo che non le è consentito intervenire alla riunione a meno che uno dei membri del Consiglio non le rivolga una domanda."

Yin non aveva dubbi: uno dei Tredici avrebbe chiesto di conoscere l'opinione del generale e Varmin avrebbe spiegato perché fosse necessaria un'attività di approfondimento.

Invece non accadde nulla e Molov proseguì, implacabile.

"Sistema, procedi con le votazioni."

"Il Consiglio è chiamato a esprimersi sull'eliminazione di Rz-472-ay, a opera del Raggio dei Mondi, con una taratura di duemila anni," annunciò la voce del Sistema. Subito dopo aggiunse: "Il Consiglio è chiamato a esprimersi sulla mozione del consigliere Dandilus circa l'estrazione dei viaggiatori temporali in seguito al loro rientro e prima della nebulizzazione del pianeta."

I consiglieri stavano votando, non tutto era perduto. Yin sapeva che talvolta i membri del Consiglio potevano esprimere un parere contrario anche senza che lo manifestassero apertamente.

"Il Consiglio ha votato all'unanimità l'eliminazione del pianeta Rz-472-ay e a favore, con una maggioranza di sette a sei, dell'estrazione dei viaggiatori temporali. La riunione è conclusa."

Il generale Varmin abbassò lo sguardo. Yin calcolò che l'assemblea era durata diciassette minuti, il tempo necessario per affossare le sue speranze di fare carriera e sentenziare la cancellazione di un intero mondo.

Gli ologrammi dei membri del Consiglio scomparvero. Yin si chiese se qualcuno dei primi anelli di *Spazio* stesse guardando nella loro direzione, ma a quanto poteva vedere tutti sembravano impegnati nelle abituali attività. Erano riusciti ad assistere a quella riunione del Consiglio? Contrariamente a quanto scritto nei regolamenti, il Presidente e i membri potevano isolarsi in sessioni segrete? Avrebbe senz'altro approfondito l'argomento, una volta ritornato alla propria postazione.

Molov aveva già riaperto intorno a sé una serie innumerevole di ologrammi. Yin detestava quei colleghi che, quando si rivolgeva loro la parola, continuavano a focalizzarsi sulle finestre virtuali che avevano di fronte, senza dedicare la dovuta attenzione all'interlocutore. Aveva l'impressione che fossero incapaci di concentrarsi su qualcosa in particolare. Diverso era il caso del Presidente, il quale, con le sue centinaia di corpi, era in grado di seguire contemporaneamente un numero illimitato di questioni, a beneficio del governo della Federazione.

Varmin attendeva che il Presidente gli dicesse qualcosa. Yin immaginava che il generale fosse parecchio contrariato per l'esito della riunione. Probabilmente aveva sperato che gli altri membri del Consiglio si sarebbero opposti alla categorica presa di posizione di Molov. In fondo, erano gli stessi che, nelle riunioni a cui Yin aveva assistito, si esprimevano sempre a favore del benessere dei popoli e dei loro mondi. Invece, la freddezza dimostrata in quel caso lo aveva sconcertato e aveva sicuramente deluso anche Varmin. Era questo il vero volto di chi governava la Federazione?

Il Presidente non sembrava avere nessuna intenzione di rompere il silenzio. Che stesse facendo attendere il generale di proposito?

Dopo parecchi minuti, Molov chiese a Varmin, senza nemmeno voltarsi a guardarlo: "Generale, sa cosa occorre per governare?"

L'altro rifletté per qualche secondo. Stava per replicare quando il Presidente si rispose da solo: "Occorre saper prendere su due piedi quelle decisioni di cui nessuno si assumerebbe il rischio. La Federazione dei Mondi è potente, domina la galassia, ha regalato millenni di prosperità e progresso a migliaia di popolazioni. I mondi indipendenti sono sempre più allo sbaraglio e ormai non rappresentano più un vero pericolo. La politica ruota intorno alla competizione tra clan, che tuttavia non mina la stabilità.

Ma la verità, caro generale, è che la Federazione è un sistema troppo complesso per essere considerato davvero stabile. Ogni giorno, in una qualsiasi minuscola isola di un pianeta alla periferia della Federazione, può nascere una minaccia in grado di metterla in ginocchio.

E allora, quando la FM è chiamata ad agire, deve farlo in fretta, senza indugio, nella maniera più immediata e decisa, senza che ci sia spazio per l'esitazione. Solo così un Presidente può esercitare i propri poteri e sostenere l'idea di solidità perpetua."

Yin, profondamente a disagio, si girò a guardare Varmin, che continuava a tacere, scuro in volto.

"Lei, generale, vuol fare carriera?"

"Desidero, Presidente, servire la Federazione nel migliore dei modi, dedicando…"

"Le ripeto la domanda. Lei, generale, *vuol* fare carriera o rimanere uno dei tanti inutili generali messi lì dal proprio clan nell'eterna lotta di potere e destinato, esistenza dopo esistenza, clone dopo clone, a ruoli di secondo piano?"

Varmin tacque fino a quando Molov si voltò a fissarlo.

"Sì, Presidente, voglio fare carriera."

Il Presidente tornò a interagire con gli ologrammi di fronte a sé. "Allora, generale, non si permetta mai più di discutere un mio ordine. Esegua quanto le detterò senza indugi. Quando sarò sicuro della sua fedeltà, allora potrò prenderla in considerazione per un ruolo *vero,* in cui possa fare la differenza. Potrà volerci un solo anno o parecchi decenni, ma, nel frattempo, la sua obbedienza dovrà essere assoluta."

Molov rimase in silenzio per qualche secondo, infine chiese: "Posso contare su di lei, generale?"

"Certamente, Presidente," rispose Varmin.

Molov dondolò la testa, annuendo tra sé e sé: "Bene, per il momento mi aspetto che segua passo per passo i preparativi del Raggio. Di questa operazione saremo a conoscenza lei, io e i tecnici del dispositivo. Nessun altro dovrà saperne nulla. Avremo duemila anni di tempo per preparare la Federazione alla scomparsa di Rz-472-ay. Tra due millenni qualsiasi riferimento a quel mondo dovrà scomparire. Sarà come se non fosse mai esistito. In fondo, è solo un pianeta tra tanti. Mi raccomando, generale, obbedienza e discrezione: è ciò che esigo da lei."

Varmin ascoltava impassibile le richieste di Molov.

Yin credeva di trovarsi in un incubo. Si sorprese a desiderare con tutto se stesso di non aver mai ricevuto quella comunicazione. *Perché è giunta proprio a me,* si domandò per l'ennesima volta, *tra migliaia di analisti presenti in Spazio?*

"Può andare, generale," concesse Molov.

Varmin si girò per librarsi verso il proprio cerchio, ma poi esitò.

"Presidente," disse, facendo cenno col capo all'analista.

"Oh, giusto," convenne l'altro, dondolando il capo. "Sistema, resetta la memoria dell'analista Yin. Identità di livello P."

Yin vide un lampo bianco, che assorbì la visione di *Spazio*, del generale Varmin e del Presidente Molov. La luce lo avvolse, facendogli perdere conoscenza.

Nella sala di controllo degli agenti di pulizia, Yin esaminava gli ologrammi con i *report* dei tempi di esercizio. Aveva collaborato con il Sistema per ottimizzare il percorso dei robot pulitori, ottenendo un incremento dello 0,2%.

Era estremamente soddisfatto del risultato ed era certo che il settore M potesse a quel punto essere considerato uno dei più puliti e in ordine dell'intera nave. Non vedeva l'ora di sfoggiare quel successo di fronte al proprio supervisore. Se avesse mantenuto costanti quei miglioramenti, di lì a qualche decennio avrebbe sicuramente ricevuto una promozione.

Capitolo 13 – Lil

PALAZZO REALE DI ARDIS, ISK
PRESENTE

"Lasciatemi immediatamente!" urlò la regina Aleia alle guardie che la tenevano per le braccia.

I due soldati mantennero la presa fino a quando re Setniat, con un cenno del capo, non decise diversamente.

"Lasciate anche gli altri," ordinò il sovrano, accennando alla fila di prigionieri che si guardavano intorno spaesati.

Senza perdere tempo, Aleia si rivolse direttamente a lui: "Cos'è *quella?*" domandò, indicando il capo di Setniat.

"È la mia corona, signora. Posso conoscere il motivo del vostro interesse?" replicò lui cortesemente.

"Esigo che ve la togliate subito!" urlò Aleia, dirigendosi a passo spedito verso il trono, seguita da Suria. "Questa pagliacciata non passerà impunita e sarete frustato per quest'affronto! Dove sono le mie guardie?"

Due soldati incrociarono le lance davanti alla regina, arrestandone lo slancio.

"Come osate?" li sfidò lei, afferrando una lancia con la mano nel tentativo di aprirsi la strada. Non riuscendovi, ordinò: "Suria, sbarazzatevi immediatamente di costoro."

Non appena la soldatessa si mosse, entrambe furono circondate da altri uomini.

"Signore," le apostrofò re Setniat, "se provassimo a mantenere la calma potremmo..."

Aleia si girò per fronteggiarlo, furente in viso: "Come osate dire a *me* cosa devo fare, impostore? Spiegatemi seduta stante chi siete e cos'è questa sceneggiata che avete organizzato nel *mio* Palazzo!"

"Signora, sono..."

"Maestà, vi rivolgerete a me chiamandomi *maestà*!"

Il monarca sospirò: "Sono Re Setniat, sovrano del regno di Isk."

Aleia applaudì, scoppiando in una risata isterica: "Divertente, siete davvero divertente. Apprezzo le modifiche che avete apportato alla mia sala del trono e confesso che alcuni costumi sono decisamente interessanti, ma non ho dubbi sul fatto di trovarmi nel *mio* Palazzo e nel *mio* regno!"

La sacerdotessa Miril provò a prendere la parola: "Aleia..."

"Voi! È opera vostra, non è vero?" la accusò la regina. "Allora aveva ragione il povero Beanor! Avremmo dovuto sterminarvi tutti, fino all'ultimo! E io che avevo deciso di risparmiarvi! Volevo la pace! Dopo duemila anni di guerra! E invece voi vi siete infiltrata nel mio Palazzo, a organizzare questa... questa..." Sottolineò il proprio sdegno gettando un'occhiataccia all'indirizzo di Ubino, che la fissava esterrefatto.

"Aleia," riprese con calma la sacerdotessa. "Credo che re Setniat vi stia dicendo il vero. Non ci troviamo più sul ramo temporale dal quale siamo partiti."

La regina lanciò a Miril uno sguardo diffidente e si rivolse a Obolil, che si era adagiato su una sedia: "Mago, è possibile?"

Obolil si guardava intorno, spaesato come tutti gli altri, tossendo. "Eh, è possibile, è possibile. Quel mentecatto... cosa ha messo in moto..."

La confusione regnava totale tra i membri della corte, che ascoltavano increduli.

"Aleia," esordì Lil, "voi conoscete sicuramente la storia del vostro popolo. Potete dirci il nome del primo sovrano dopo lo sterminio di duemila anni fa?"

"Ma certo! Re Moltil!"

La giovane si rivolse a Setniat: "Maestà, è così? Fu re Moltil a sedersi sul trono?"

Setniat scosse la testa: "No, Moltil era il principe, il figlio del sovrano. Purtroppo rimase ucciso nei combattimenti e, poiché suo fratello Brumur non se la sentì di accettare la corona, fu la loro cugina a indossarla, la regina Zalbia."

Intervenne Aleia: "Moltil ucciso? Impossibile! La storia è diversa."

Miril le spiegò, gentilmente: "La storia è cambiata, ma non per mano nostra."

La regina parve sull'orlo di una crisi di nervi: "E per mano di chi?" chiese.

Riprese la parola Lil: "Ricordate i bambini sul camminatoio? Il più piccolo ha chiamato la bimba 'Zalbia'. Se lei è diventata la futura regina, il ragazzino ucciso dal mago potrebbe essere stato Moltil e la sua morte potrebbe aver generato un nuovo ramo temporale."

E voi, in questo stesso ramo, non siete mai nati, concluse tra sé, nel silenzio che seguì alle sue parole.

Le dispiaceva terribilmente per quelle persone. Erano i suoi nemici, responsabili del massacro del suo popolo, ma non riusciva a odiarli. Ripensare ai suoi amici, ai suoi genitori e ai suoi parenti la riempiva di felicità, ma la rammaricava profondamente sapere quanto sarebbe accaduto a quella gente. Il giovane apprendista Ilis assisteva alla scena con occhi lucidi, mentre Milia sembrava non curarsene. Gli occhi dell'anziano mago Obolil, accasciato sulla sedia, saettavano tutt'attorno sprigionando un'ira cieca.

Anche Aleia pareva aver capito. "Se Aldin ha ucciso re Moltil, allora noi… noi non siamo mai nati?" Si guardò intorno, come chi si trova in un incubo e non riesce a credere alla realtà che lo circonda. Poi svenne, sorretta prontamente da Suria.

Setniat ordinò: "Che entrino i guaritori!" Quindi salì gli scalini che lo separavano dal trono, si sedette e chiese a Miril, Lil e agli altri che si accomodassero a loro volta di fronte a lui.

"Sacerdotessa Miril, sareste così gentile da spiegarmi chi sono queste persone?"

Miril raccontò dell'altro regno di Isk, della guerra che lo aveva contrapposto a Turios, della pioggia di schegge e della scomparsa dei cadaveri. Spiegò come lei e Lil fossero state costrette a viaggiare nel tempo, accennò alle difficili prove che si erano trovate a superare e di come infine si fossero imbattute negli uomini in viola e nel gruppo lì presente. Mentre parlava, nessuno fiatò. Re Setniat, la regina Aleia e il suo seguito e tutta la corte ascoltavano nel più assoluto silenzio.

Al termine del racconto, il sovrano replicò: "Sacerdotessa Miril, ho letto le antiche leggende sui viaggi nel tempo, ma non ho mai creduto che potessero esulare dal regno della fantasia. Se quanto avete detto corrisponde a verità, avremmo finalmente la possibilità di ricucire i rapporti tra i nostri due popoli e di costruire un futuro prospero insieme."

Tacque per qualche secondo. Era chiaro che aveva afferrato anche le conseguenze per gli altri suoi ospiti, ma che non sapeva come affrontare la situazione.

"Esiste, sacerdotessa, qualcosa che possiamo fare per loro?" chiese infine.

Aleia, grazie ai sali, aveva ripreso conoscenza e ascoltava, scura in volto, sorretta da Suria.

Miril rispose: "Maestà, purtroppo le modifiche ai rami del tempo provocano effetti imprevedibili che nessuno di noi è in grado di anticipare. Né noi, né loro, né il mago Aldin avremmo mai potuto prevedere quanto è accaduto. Se tornassimo ancora indietro nel tempo, rischieremmo di mettere in pericolo l'esistenza stessa di questo regno..."

Aleia scoppiò a piangere: "Perché noi ora non ci siamo più!" gridò singhiozzando. "Era *questo* che volevate, strega! Volevate vendetta. Il vostro intento era ucciderci, eliminarci..."

Miril provò a calmarla: "Regina Aleia, come avete visto con i vostri occhi, Lil e io non abbiamo nulla a che fare con quanto è successo. La responsabilità va attribuita al mago Aldin." Si arrese all'evidenza che Aleia ormai non l'ascoltava più. Piangeva, con la testa appoggiata sulla spalla di Suria.

Intervenne Setniat: "Sacerdotessa, la vostra magia è molto potente. Esiste un modo per consentir loro di sopravvivere sul nostro ramo?"

"Ho cercato molto a lungo una soluzione, Maestà, ma non sono stata in grado di trovarla."

Lil guardò in direzione del giovane Ilis. Si sentì stringere il cuore, pensando alla fine cui sarebbe andato incontro.

"È possibile che nella nostra biblioteca reale siano presenti dei testi che vi permettano di individuarne una. Quando il vostro popolo si imbarcò per Turios, gli antichi sacerdoti portarono con sé solo i testi a loro disposizione. Erano i tomi dei laboratori di magia del vostro villaggio. Ma l'antica saggezza non aveva confini e molta di essa è custodita nelle immense stanze della nostra biblioteca. Quanto tempo abbiamo prima che loro..." Il sovrano non se la sentì di aggiungere '*scompaiano*'.

"Non è facile fare una previsione, Maestà. Potrebbero volerci giorni o settimane. Ma sarei molto lieta di mettermi subito al lavoro insieme alla sacerdotessa Lil, al mago Obolil e all'apprendista Ilis."

Suria parlò per la prima volta: "Riuscirete a salvarci?" chiese, guardando preoccupata la sua regina.

"Spero di sì. Potremmo trovare qualcosa..." cominciò a rispondere Miril.

"Voglio il mio regno!" urlò Aleia. "Non voglio questa vita. Non la voglio! Voglio il mio regno, il mio trono, la mia corona!"

Suria cercò di tranquillizzarla, sussurrandole qualcosa all'orecchio.

Re Setniat si rivolse ai propri servitori: "Preparate le camere per gli ospiti. Che ognuno di loro abbia vestiti, un bagno caldo e un posto a sedere alla mia tavola."

Il sovrano si alzò, imitato da tutti gli altri. Nella sala si diffuse immediatamente un vivace chiacchiericcio, con la corte che iniziava a discutere delle incredibili storie appena udite.

Lil sarebbe voluta tornare subito alla propria isola, ma la tratteneva la prospettiva di poter essere d'aiuto al gruppo dei suoi ex nemici.

Miril, possiamo fare un breve viaggio in astrale su Turios?

Oh sì, Lil. Non stai più nella pelle, vero?

Già, comunicò Lil, sorridendole e commuovendosi. La riempiva di gioia l'idea di rivedere i luoghi e le persone che amava. Erano riuscite a salvare tutti. Avevano ripreso in mano le loro vite. Ce l'avevano fatta.

Abbracciò Miril, incapace di trattenersi. Aveva bisogno di sentire il calore della sacerdotessa, il suo odore e la sua pelle delicata. Sapeva di trovarsi in una sala pubblica, in mezzo a gente sconosciuta, ma non era in grado di resistere alla propria passione. Posò delicatamente le labbra su quelle della compagna. Avvertì dentro di sé un fuoco che le fece tremare le gambe. In quel momento non desiderava altro che Miril. Sentiva il bisogno di restare da sola con lei, per donarle un'infinità di baci, carezze e passione. "Miril, ti amo e ti... voglio," le sussurrò.

Anche io, questa sarà la nostra notte, le fece eco la sacerdotessa mentre venivano circondate.

Sul viso di Miril si dipinse confusione e sconcerto.

Lil non riusciva a comprendere cosa stesse accadendo.

Gli uomini in viola erano ovunque nella sala del trono. Avevano fatto scudo attorno a loro due e al gruppo di Aleia.

"Chi siete?" chiese re Setniat.

Uno di essi, che indossava la membrana oculare, parlava all'aria di fronte a sé: "Sì, abbiamo registrato l'intera conversazione, come richiesto. Pronti per il prelievo."

Sollevò il dito indice, mirando sopra di sé. Il soffitto della sala del trono e tutti i piani soprastanti furono perforati da un'onda circolare del diametro di una decina di metri.

Lil guardò sconvolta attraverso l'enorme buco e vide in alto, nel cielo azzurro, una gigantesca nave volante, che aveva la forma di uno di quei pesci piatti con le ali e la coda che talvolta si aggiravano sulle coste di Turios.

Miril, che succede?

Non lo so. Non lo so proprio, replicò la sacerdotessa, stringendosi a lei.

Re Setniat si rivolse agli uomini in viola: "Devo chiedervi di lasciare immediatamente le mie ospiti e di spiegare il motivo della vostra presenza."

Le guardie reali intanto avevano circondato gli uomini in viola, con lance e spade in posizione, ma il comandante Lario non si degnò neppure di rispondere.

Setniat sguainò la spada e i soldati si prepararono a combattere. Il comandante alzò appena lo sguardo, disegnando un cerchio nell'aria con l'indice. Gli uomini in viola puntarono le dita sui loro antagonisti. Tra lo stupore e lo spavento della corte, Re Setniat e le guardie scomparvero.

Diverse donne scoppiarono a piangere. Ubino urlò: "Maledetti!" e si lanciò contro gli uomini in viola, che proprio in quel momento furono avvolti da caldi raggi gialli che inglobarono anche Lil, Miril e il gruppo di Aleia, risucchiandoli verso l'alto. Ubino fendette l'aria, perse l'equilibrio e cadde a terra.

Lil passò attraverso le sezioni dei piani dell'edificio. Salendo verso il cielo, vide il Palazzo farsi sempre più piccolo. Seguendo la linea della costa, cercò i resti del villaggio dove aveva assistito all'atroce massacro. Si voltò poi verso Sud, spingendo lo sguardo fino a un lontano puntino nel mare, chiedendosi se fosse la sua amata isola. Infine, dopo pochi secondi, si ritrovò in una stanza con le pareti semitrasparenti e una piattaforma circolare grigia si chiuse sotto i suoi piedi. Oltre le barriere vide centinaia di uomini in viola, la maggior parte dei quali muoveva con le mani degli strani oggetti fluttuanti nell'aria.

Capitolo 14 – Lil

ASTRONAVE PLEIA, NEI PRESSI DEL PIANETA GYNDIA
PRESENTE

Miril, dove siamo?

Non ne ho idea, Lil.

Questo luogo mi dà i brividi.

Lil, vestita di una tuta bianca che le aderiva perfettamente al corpo, era accucciata nell'angolo di una cella di forma cubica i cui lati misuravano quattro metri per quattro. Tre pareti erano di materiale liscio di colore chiaro, la quarta trasparente. La giovane aveva avvicinato diverse volte le mani a quest'ultima, impattando sempre contro una barriera invisibile. La stanza in cui era rinchiusa si trovava sul fianco di un'ampia sala sulla quale si affacciavano anche quelle della sacerdotessa e delle persone al seguito della regina Aleia, giunte alcune ore dopo l'arrivo suo e di Miril. Lil le vedeva aprire la bocca e battere i pugni sulle pareti trasparenti, senza tuttavia udire il minimo suono. L'unica con cui poteva comunicare, solo per via telepatica, era la sua compagna.

Più ci penso e meno ha senso tutto questo, le stava dicendo Miril. *Se il primo intervento degli uomini in viola è avvenuto duemila anni fa, quando hanno deciso di punire il regno di Isk per il massacro dei nostri avi, perché ripresentarsi dopo un periodo così lungo? Hanno eliminato re Setniat, un sovrano buono e per nulla bellicoso che non minacciava nessuno. E catturato noi! Che abbiano scelto di farcela pagare per la nostra fuga? Eppure hanno portato qui anche il gruppo della regina, al quale, da quanto ho capito, hanno concesso di tornare nel futuro. No, non ha proprio senso.*

Lil non riusciva ad arginare lo sconforto. Si era trovata a un passo dal rivedere i propri cari. E invece…

Lo sconvolgimento della giovane era motivo di grande sofferenza per Miril. *Lo desideravo anch'io. Non osavo neppure immaginare il momento in cui avremmo rimesso piede sulla nostra isola, tanto il pensiero mi riempiva di felicità. Eppure sono certa non sia tutto perduto.*

Credi che ci lasceranno andare?

Non lo so. Ma me lo auguro, con tutto il cuore.

Pensavo che l'avrei rivisto... com'era prima, intendo. Avrei voluto parlargli di noi, questa volta, renderlo partecipe, e rimanere buoni amici. Mi manca.

So che ti è difficile crederlo, ma Bashinoir manca molto anche a me, come tutti i fratelli e le sorelle della nostra isola.

Lil chiuse gli occhi. Visualizzò mentalmente la sua casa, il focolare, il Tempio, Miril che l'abbracciava vicino al fuoco sacro. Si sentiva più lontana che mai dai luoghi e dalle persone che amava e non riuscì a trattenere una lacrima, che le rigò il viso.

Sul lato della sala opposto alla sua cella vide entrare tre uomini. Uno era quasi del tutto calvo, magro, alto e indossava una tuta aderente bianca e arancione. Gli altri due avevano la parte superiore della testa ricoperta da un materiale scuro ed erano vestiti con tute di colore grigio dai piedi al petto e nero nella parte superiore.

Dalle celle tutti i prigionieri si alzarono a guardarli, persino il mago Obolil, del quale Lil osservò con grande sorpresa i movimenti. L'anziano non appariva più curvo e infermo, ma decisamente in salute.

I tre uomini si diressero proprio verso di lei.

Quello vestito di bianco superò la parete trasparente come se non esistesse. Una volta nella cella disse: "Sistema, branda."

Da una parete sgorgò a mezz'aria un liquido argentato che prese la forma di un lettino ancorato al muro su un unico lato.

Lil, affascinata, lo accarezzò con le dita, saggiandone la consistenza.

"Stenditi," le ordinò il dottore.

La ragazza obbedì e l'altro aggiunse: "Sistema, *check-up* completo."

Dei bracci metallici uscirono dal soffitto e puntarono dritti verso il corpo di Lil, che si ritrasse intimorita in un angolo.

"Non avere paura," la rassicurò l'uomo, "facciamo solo alcuni esami medici."

La giovane si rilassò e i bracci robotici tornarono ad avvicinarsi a lei, emettendo una tenue luce che cominciò a muoversi lungo le sue membra.

Lil studiò i lineamenti seri del dottore. Doveva sapere.

Miril, ho bisogno di capire perché siamo qui e quando potremo tornare sulla nostra isola.

Nel timore che la sacerdotessa tentasse di dissuaderla, si infilò nella mente dell'uomo prima ancora che lei avesse il tempo di risponderle.

Scansionò rapidamente un'infinità di immagini che per lei non avevano alcun senso. Vide pianeti, soli, stelle, astronavi e individui dalle sembianze più strane. *L'universo allora è abitato da infinite forme di vita intelligenti?* si chiese. Tuttavia non aveva il tempo per approfondire, temendo di essere scoperta da un momento all'altro. Il dottore si stava già massaggiando le tempie con i polpastrelli, visibilmente infastidito.

Lil si concentrò sulle sue emozioni e capì al volo che quell'uomo condivideva con il resto dell'equipaggio della nave un forte senso di attesa. Stava per accadere qualcosa, del quale tutti loro non smettevano di parlare.

Si soffermò su un dialogo in particolare.

"È una cosa mai vista... a cui nessuno di noi avrà mai più la possibilità di assistere," stava dicendo proprio il dottore, seduto alla mensa in compagnia di altri colleghi medici.

"Pensate che migliaia di anni fa la Federazione ha usato il Raggio centinaia di volte," intervenne una donna di fronte a lui.

"Eh, altri tempi! Miliardi di vite sacrificate per la pace di un'intera galassia", commentò un terzo dottore.

"Quel che è certo," chiosò il medico che la stava visitando, "è che saremo spettatori di un evento epocale; peccato non poterlo raccontare a nessuno!"

Di che stavano parlando? si domandò Lil.

Fu attratta da una nuova scena. Il dottore era molto emozionato perché si trovava in presenza del suo capo in un'enorme sala circolare assieme a molti suoi colleghi. Da un lato, oltre un vetro, si vedevano le stelle e un bellissimo pianeta bianco, azzurro e verde. C'erano numerose postazioni con uomini e donne impegnati su delle figure aeree di fronte a loro. Il centro della sala era occupato da tre uomini: un bel ragazzo vestito di nero, un uomo robusto con i capelli a spazzola rossi, e un terzo individuo con i capelli a caschetto neri. Stavano esponendo quello che sarebbe successo. Lil voleva sapere chi fossero e recuperò facilmente i ricordi dalla mente del dottore: erano un certo Presidente Molov, un generale di nome Varmin e il comandante della nave.

"Quando quel *countdown* sarà giunto a zero," stava spiegando Molov, "Rz-472-ay scomparirà per sempre. Non potevamo comunicarvi prima il motivo della missione, poiché si tratta di un'operazione della massima segretezza."

Rz-472-ay? A cosa si riferisce?

Il medico si girò a guardare fuori, oltre il vetro. Lil percepì il suo turbamento, che l'uomo si sforzò di non lasciar trasparire.

Stanno parlando di quel *pianeta? Cosa significa che scomparirà?*

Il cuore iniziò a batterle così forte che temette di perdere il collegamento telepatico in atto.

Quell'emozione tanto intensa infastidì il dottore, che si portò entrambe le mani alla fronte e chiuse gli occhi. "Sistema, continuiamo più tardi, ho bisogno di un po' di riposo," disse.

Lil non poteva lasciarlo andare via. *Devo sapere!* L'uomo si era girato per uscire, ma la giovane lo obbligò a fermarsi. Quando lui cadde in ginocchio sulla soglia della cella, lei si rese conto di aver esagerato. In ogni caso, non c'era tempo da perdere: si rituffò una seconda volta nei ricordi del dottore, selezionandoli in base all'emotività.

Vide di nuovo Molov, che parlava a lui e altri suoi colleghi: "Non dovranno sapere nulla della distruzione del loro pianeta durante gli esami. I test sui prigionieri hanno la massima priorità."

Lil urlò dallo spavento. Le guardie, che stavano aiutando il medico caduto in ginocchio, la fissarono preoccupate.

Miril, vogliono distruggere il nostro mondo!

Come fai a dirlo? chiese di rimando la sacerdotessa.

È così, l'ho letto nei pensieri del dottore. In questa nave c'è un luogo dove scorrono dei numeri. Quando arriveranno a zero, il nostro pianeta scomparirà. Dobbiamo fermarli.

Lil uscì dalla cella. Una guardia si alzò in piedi per bloccarla, ma lei gli scaricò nella mente tutto il suo panico. Si sentì meglio, tuttavia quando vide l'uomo cadere a terra privo di sensi, provò un vivo senso di colpa.

L'altro soldato avanzò minaccioso verso di lei. La giovane entrò nella sua mente, questa volta ripromettendosi di essere più attenta e delicata. Le palpebre dell'uomo si abbassarono. Stava per crollare in avanti, ma lei fece del suo meglio per reggerne il peso e lo adagiò comodamente sul pavimento, già profondamente addormentato.

Si rituffò nella mente del dottore. Voleva solo una cosa: il percorso per arrivare al luogo dove scorrevano quei numeri. Selezionò gli spostamenti dell'uomo all'interno della struttura e li passò in rassegna velocemente, finché non ebbe ben chiara la mappa della nave.

So dove dobbiamo andare, Miril.

Come fai a conoscere questa nave?

Ho letto il percorso nella sua mente.

Miril le rivolse uno sguardo dubbioso.

Sta accadendo qualcosa ai miei poteri telepatici, si giustificò la giovane, *ogni volta che ne faccio uso sono più potenti. Come faccio a liberarti?*

Lil addormentò anche il dottore.

Si avvicinò alla parete della cella della sacerdotessa per tastarne la consistenza, ma non trovò nulla, così avanzò fino ad abbracciare l'amica e la baciò con trasporto.

"Ti amo, Miril. Andiamo a salvare il nostro mondo."

La sacerdotessa sembrava ancora un po' incerta, ma rispose: "Sono con te."

"Liberiamo gli altri!"

La cella più vicina era quella di Ilis. Lil si aspettava di trovare la barriera trasparente, ma anche in quel caso non rilevò nulla.

Gli tese la mano e lo condusse fuori. Gli altri, vista la situazione, uscirono da soli.

La ragazza si accostò a ognuno di loro per osservarli meglio. Milia era l'unica non molto diversa da come se la ricordava. A Ilis erano scomparse le rughe intorno agli occhi. La pelle del viso di Aleia aveva perso ogni segno dell'età. Ma il cambiamento più sorprendente riguardava il mago Obolil: camminava con una postura eretta e l'orecchio e il sopracciglio erano ricresciuti.

Lil fu incapace di trattenersi: "Ma cosa vi è successo?" chiese loro, che si guardavano l'un l'altro sorpresi.

Fu Ilis a rispondere: "Ci hanno condotto in un luogo simile a questo e ci hanno fatto stendere su dei lettini. Io mi sono addormentato quasi subito. Al risveglio, ci hanno portato in queste celle, senza una spiegazione. Invece tu… cos'hai fatto a loro?" domandò, indicando i tre individui che dormivano poco più in là.

Lil si avvide che Obolil la fissava intensamente, con uno sguardo che la metteva a disagio. “Io… ho dovuto sbarazzarmi di loro. Se vogliamo tornare sul nostro mondo, c’è una cosa che dobbiamo fare.”

Intervenne la sacerdotessa: “Lil può leggere nel pensiero. È riuscita a entrare nella mente del dottore che la stava visitando e ha scoperto che gli uomini di questa nave stanno per distruggere il nostro pianeta. Vogliamo fermarli e abbiamo bisogno del vostro aiuto.”

Aleia la guardò incerta, poi disse: “Non so se potremo esservi utili, ma siamo con voi!”

Suria le parlò sottovoce: “Maestà, potrebbe essere pericoloso.”

“Siamo destinati a scomparire,” replicò la regina. “Se, come suggerito da re Setniat, la nostra unica possibilità di salvezza si trova nella biblioteca reale, dobbiamo arrivarci a qualsiasi costo.”

“Puoi contare su di me, Lil. Ti seguirò!” dichiarò Ilis.

Milia sbuffò in maniera fin troppo evidente, roteando gli occhi al cielo.

“Leggi nel pensiero, eh?” chiese Obolil a Lil. “Eh, è curioso. Io invece non sento più alcun potere.”

Il tono velatamente accusatorio di quell’affermazione mise la giovane a disagio.

Ilis confessò a sua volta: “Anch’io non sento più nulla. Quando ero nella cella ho provato a percepire le energie intorno a me, senza però avvertire alcunché. Poi ho tentato di uscire dal corpo. Volevo sapere cosa fosse questo posto, ma mi sono reso conto di non poter viaggiare in astrale qui.”

“Siete certi di aver perso proprio tutti i vostri poteri?” chiese la sacerdotessa ai due maghi.

“Temo di sì,” confermò Ilis, mentre Obolil si limitò ad annuire.

Aleia domandò: “Dove dobbiamo andare?”

“C’è un luogo dove scorrono dei numeri all’indietro. Quando saranno arrivati a zero, il nostro pianeta sarà distrutto. Se riusciamo a fermarli, credo di potervi ricondurre alla piattaforma dove siamo arrivati. Temo che per tornare al nostro mondo dovremo usare quegli stessi raggi che ci hanno portato fin quassù, ma dovrei riuscire a leggere nelle loro menti come funzionano.”

Gli altri assentirono.

“Dobbiamo sbrigarci. Ho paura che non rimanga più molto tempo,” li incalzò Lil.

“Guidaci tu,” la spronò Miril.

La giovane si diresse verso l'apertura dalla quale erano entrati il dottore e le altre due guardie. Tutti la seguirono, con Milia a chiudere la fila.

Lil si rese conto di sapersi muovere facilmente attraverso il dedalo di corridoi della nave. Ma come aveva fatto a imparare così in fretta solo in base ai ricordi del dottore? A ogni prova alla quale veniva sottoposta, sembrava che i suoi poteri raggiungessero livelli che non smettevano di stupirla. Sentiva scorrere dentro di sé un'energia via via sempre più forte, che in un certo senso la turbava. Sarebbe stata capace di controllarla? Perché quei cambiamenti riguardavano soltanto lei e non anche Miril? E per quale motivo Ilis e Obolil avevano addirittura perso i propri poteri?

Guidò il gruppo per un lungo corridoio, al termine del quale, svoltando un angolo, avrebbero dovuto trovare un ascensore che li portasse in alto, fino alla sala di comando.

Lil rifletteva intanto sulle sue nuove conoscenze: astronavi, piattaforme, raggi distruttori... erano tutte nozioni che fino a un'ora prima non avrebbero significato niente per lei.

Quando udì le voci di un manipolo di uomini provenire da subito dietro lo spigolo della parete, si rese conto di quanto, immersa nei propri pensieri, avesse abbassato la guardia.

Fece segno agli altri di fermarsi e si portò un dito alla bocca, intimando loro di fare silenzio.

Sebbene potesse contare sui suoi poteri telepatici, sapeva che quei soldati erano dotati di armi micidiali, che avrebbero potuto porre fine alla loro esistenza in pochi attimi.

Era meglio aspettare che se ne andassero.

Li ascoltò parlare in una lingua straniera, al contrario del dottore, il quale si era rivolto a lei nell'idioma del suo mondo. Inizialmente Lil aveva pensato che non ci fosse nulla di strano, ma, dopo aver letto i pensieri dell'uomo, aveva capito che quella che aveva udito era una traduzione istantanea, prodotta da un nanotraduttore universale.

Eppure, ora che sentiva discutere quegli uomini, realizzò che riusciva a comprendere perfettamente quello che dicevano, così come non aveva avuto problemi a leggere i pensieri del dottore.

Miril, capisci cosa dicono?

No, parlano la loro lingua.

Io sì.

Forse è grazie alla telepatia?

No, è come se conoscessi già queste parole.

Sei sicura?

No, non lo sono. Ma mi sta succedendo qualcosa di strano. I miei poteri telepatici continuano a crescere, parlo lingue sconosciute che non avevo idea di poter padroneggiare. È come se non sapessi più chi sono e... ho paura.

Nel frattempo ebbe l'impressione che il gruppo di soldati stesse finalmente per andarsene.

"Aiutatemi, vi prego. Vogliono sabotare la nave!" urlò Milia, superando tutti loro con uno scatto e svoltando l'angolo.

Lil si sporse a guardare.

"È una dei prigionieri del pianeta!" esclamò uno degli uomini. "Abbassate le armi," ordinò.

Milia, che non comprendeva cosa stessero dicendo, aggiunse: "Sono lì dietro. Dovete catturarli. Mi hanno costretta con la forza a seguirli!"

Lil elaborò i percorsi alternativi nella propria mente. Sarebbero potuti fuggire, ma non mancava molto al termine del conto alla rovescia. La nave era enorme e quell'ascensore era l'unica via per salire rapidamente alla sala di comando.

Poi le vennero in mente le morti di Delan e Zalnos, per le quali si era sentita profondamente in colpa. In quel caso non era stata in grado di controllare più menti contemporaneamente e quei poveretti avevano pagato il prezzo più alto a causa della sua incapacità di fronteggiare la situazione. I suoi poteri erano cresciuti, ma fino a che punto? Se anche questa volta avesse fallito, avrebbe messo in pericolo la vita di tutti loro.

Scivolò nella mente del primo soldato, scovando all'istante una debolezza su cui fare leva. Verificò che anche le altre guardie fossero accomunate dallo stesso interesse e poi disse a bassa voce: "Miril, Aleia, ho bisogno di voi. Seguitemi e fate quel che faccio io."

Svoltò l'angolo, trovandosi di fronte a quattro uomini che venivano nella sua direzione, mentre altri due tenevano Milia per le braccia.

Puntò il soldato più vicino e gli si avvicinò, piegando la testa di lato e parlando nella sua lingua: "Non avrei mai immaginato che su questa astronave ci fossero dei soldati tanto interessanti. Prima che mi riporti in cella, passiamo dalla tua cuccetta?"

L'uomo la guardò incerto. Lil fece un altro passo avanti e con una mano gli cinse la vita, avvicinandogli il viso alle labbra.

Intervenne nella sua mente con grande delicatezza. Lui era preoccupato di essere visto dagli altri e dal Sistema, e allora Lil dissipò quei timori. Danzò poi nella mente dei suoi compagni, incoraggiando euforia ed eccitazione e inibendo senso del dovere e moralità.

Miril, funziona... vieni.

Con la coda dell'occhio vide la sacerdotessa farsi avanti. Era un po' più rigida di quanto Lil avrebbe voluto, ma le sue forme, messe in risalto dalla tuta aderente bianca, avevano già catturato l'interesse del soldato che le era di fronte.

Aleia, dall'altro lato, procedette con grande disinvoltura. Portò le mani al collo di un uomo e attirò a sé il secondo. Baciò appassionatamente il primo, accarezzando al contempo i testicoli dell'altro.

Come Lil aveva previsto, i quattro uomini erano parecchio sensibili alla seduzione della carne. I due che tenevano Milia, incoraggiati dal suo influsso telepatico, guardarono la fanciulla con una certa aspettativa.

Il soldato a cui Lil era abbracciata avvicinò le proprie labbra a quelle di lei, che si ritrasse con fare civettuolo, continuando nel frattempo a leggergli nella mente.

Ciò che la sorprese fu la povertà emotiva di quell'individuo, che sembrava non aver mai conosciuto l'amore e che viveva lo scambio di effusioni come un atto puramente fisico.

Mentre l'uomo era in preda al desiderio, per Lil fu semplice indurlo pian piano a rilassarsi. Lui si lasciò andare e la giovane lo fece adagiare sul pavimento, rimanendo a cavalcioni sopra di lui, strofinandosi sul suo bacino e accarezzandogli il viso con entrambe le mani, fino a coprirgli gli occhi.

Gli altri soldati erano troppo eccitati dalle sue movenze per rendersi conto che l'uomo sotto di lei aveva in realtà perso conoscenza, così Lil si concentrò sul partner di Miril, che non aveva difficoltà a imitare i gesti dell'amica, sebbene con un linguaggio del corpo un po' meno naturale.

Lil alzò lo sguardo verso i due uomini che ancora tenevano Milia per le braccia, fissandoli negli occhi e ammiccando con fare invitante. Il richiamo era così esplicito che i due lasciarono la fanciulla, si diressero verso di lei e le si inginocchiarono accanto.

La giovane, ancora a cavalcioni sulla guardia, sollevò le mani all'altezza dei loro visi, accarezzandoli e scendendo lentamente con le dita verso il basso.

Nel frattempo accompagnò nel sonno sia il soldato di Miril che quello di Aleia, e subito dopo ripeté l'operazione con i due che erano rimasti svegli di fronte a lei.

Si era resa conto che per indurre un individuo a fare qualcosa, non era necessario forzarlo, ma era molto più semplice assecondarne i desideri.

Aleia, Miril e Lil si alzarono in piedi. Milia era ammutolita.

Sopraggiunsero Obolil e Ilis, avanzando tra i soldati a terra.

La regina commentò: "Un uso molto originale dei propri poteri, giovane sacerdotessa."

Lil sorrise in risposta, quindi si rivolse a Milia: "Non hai idea di chi siano questi individui. Ho letto nelle loro menti. Vogliono studiarci, fare esperimenti su di noi, tenerci prigionieri. Devi credermi. Dobbiamo andarcene via tutti, il prima possibile."

Milia sollevò gli occhi al cielo: "A quanto pare, non ho molta scelta."

Potrebbe tradirci ancora, le comunicò Miril, *forse non dovremmo portarla con noi.*

Non sa dove siamo, né chi siano costoro in realtà. Fa parte del nostro mondo e dobbiamo concederle la possibilità di tornare assieme a noi, le rispose Lil.

Va bene. La terrò d'occhio.

"Andiamo," disse la ragazza, avviandosi verso l'ascensore, le cui porte si aprirono automaticamente. Sulla destra si trovava un raggio verde che li avrebbe condotti verso l'alto, sulla sinistra invece uno arancione che permetteva di scendere.

Entrò decisa in quello verde, che iniziò a farla levitare verso l'alto. Gli altri, con un po' di incertezza, la imitarono.

Lil, cosa faremo una volta nella sala di comando?

Non lo so... Non ho un piano, e non abbiamo tempo per elaborarne uno. Ho paura che manchi poco alla distruzione del nostro pianeta. Auguriamoci che la telepatia funzioni anche con chi comanda questo posto.

Che gli dei ci assistano, pensò la sacerdotessa.

Che gli dei ci assistano, ripeté Lil.

Il gruppo salì rapidamente e in silenzio.

Una volta raggiunto il livello superiore, le porte si aprirono, Lil fece un passo avanti e si trovò di fronte a…

…se stessa!

Capitolo 15 – Lil

ASTRONAVE PLEIA, NEI PRESSI DEL PIANETA GYNDIA
PRESENTE

La grande sala di comando era esattamente come nei ricordi del dottore. L'unica differenza era la presenza, a pochi passi dall'ascensore, di copie perfette di tutti loro.

Il Presidente Molov, sorridendo a Lil con la testa ciondolante, li invitò a entrare: "Accomodatevi. Venite avanti, coraggio, siete stati *molto* molto bravi. Complimenti!", e batté per qualche secondo le mani.

Era in piedi al centro della sala, vestito con una tuta nera aderente, con il generale Varmin a fianco. Dietro di loro sedeva il comandante della nave.

Le postazioni degli operatori erano quasi tutte occupate. Alcuni si erano voltati a guardarli, altri avevano gettato loro solo un'occhiata fugace, ma la maggior parte del personale aveva continuato a concentrarsi sulle proprie mansioni.

"Siete voi," spiegò il Presidente, rispondendo ai loro sguardi interrogativi. Annuendo con il capo, continuò: "Quando abbiamo visto cosa siete riusciti a fare con il dottore, abbiamo deciso di non intervenire. Anzi, vi abbiamo addirittura aperto le celle. È stato decisamente interessante, per non parlare della scena con le guardie: fantastica! Ma come avete fatto?"

Senza degnarsi di replicare, Lil si diresse verso la propria copia e sollevò una mano per toccarla. Al tatto non percepì altro che aria e guardò attonita la sottile linea di luce proiettata sulla sua pelle.

"Devono essere strabilianti per voi le meraviglie della tecnologia! Tutto così nuovo! Ma anche noi siamo piuttosto sorpresi dalle vostre capacità. Anzi, siamo molto interessati a saperne di più."

Lil lesse i numeri che campeggiavano in sovrimpressione sulla gigantesca vetrata, oltre la quale si vedeva il loro pianeta: 00:10:89. E continuavano a scendere velocemente.

Ammirò estasiata il proprio mondo. *Quella è casa nostra,* comunicò a Miril.

Lo so, è bellissimo, rispose la sacerdotessa.

La ragazza si girò verso Molov, che non aveva smesso per un attimo di fissarla. "Deve arrestare immediatamente quel conteggio," gli intimò.

"Non è possibile," ribatté lui, in tono paternalistico. "Se potessi, sarei felice di accontentarti, ma non è nei miei poteri."

"Lo fermi subito. Ha visto di cosa sono capace!"

Il Presidente rise di gusto: "Vuoi sedurmi, Lil?" la provocò.

"Lo arresti di sua spontanea volontà o sarò io a costringerla, che lo voglia o no."

Era una menzogna, ma anche la loro unica speranza.

Molov scoppiò a ridere e il comandante della nave si voltò a guardarla, sogghignando. Solo Varmin rimase serio.

"Lil, mi spiace, ma, come ti ho detto, non è possibile. Il vostro mondo non può più essere salvato."

Notando che i numeri continuavano a scorrere implacabili, Lil si rese conto che non poteva aspettare oltre. Chiuse gli occhi, distese le braccia e percepì un'immensa energia fluire nelle membra. Anche a occhi chiusi era in grado di sentire ogni essere vivente intorno a sé. Scatenò la propria rabbia come mai aveva fatto prima d'allora, irradiando un'onda che in un attimo si propagò nella sezione della sala alla sua destra. Riaprì gli occhi e vide molti operatori svenuti, mentre altri si guardavano attorno intontiti.

"Lo fermi, ora!" ordinò.

Il Presidente le rivolse uno sguardo incuriosito: "Davvero notevole! Non hai innesti, quindi questa sorta di potere deve venire da dentro di te. Sistema, scansione biometrica."

Agli ologrammi delle loro copie perfette si sostituirono immediatamente delle sagome colorate, la maggior parte delle quali assunse tonalità che andavano dal verde al blu fino al viola. Quella di Miril era gialla e quella di Lil rosso acceso. A fianco scorrevano lettere e numeri.

"Incredibile," commentò Molov, "mai vista una cosa simile!"

"Basta!" urlò Lil. "Blocchi-quel-conteggio!" scandì.

Se non lo farà lui, troveremo il modo di fermarlo noi, comunicò a Miril.

Lil, non ucciderlo, potrebbe servirci! la implorò la sacerdotessa.

Ma lei si era già caricata una seconda volta. La successiva ondata di energia fu diretta a tutta la sala dinanzi a sé.

Il Presidente, Varmin e il comandante della nave caddero privi di sensi, come tutti gli operatori.

Lil si augurò di non aver fatto loro del male. Si voltò a controllare se i suoi compagni stessero bene. Loro le restituirono uno sguardo intimorito e preoccupato. Milia era addirittura terrorizzata.

"Ma che brava! Lil, non smetti di stupirmi!" esclamò Molov, entrando da una porta laterale. Dalla parete opposta, attraverso un'altra apertura fece il suo ingresso un secondo individuo identico a lui. "Mia cara, non puoi nuocermi e non puoi fermarmi. Governare la Federazione dei Mondi è un compito molto impegnativo e io ho bisogno di diversi *me*. Lil, tu non puoi nulla contro di me, io invece, volendo, potrei fare molto male a te e ai tuoi amici. Tuttavia non è ciò che desidero, perché tu possiedi un potere molto forte di cui non c'è traccia nel resto della galassia, e io devo assolutamente scoprirne l'origine. Mi dispiace davvero per il tuo mondo, ma non temere: quando ti unirai a me, avrai migliaia di pianeti a tua disposizione."

La giovane lo guardò incredula: "Io… unirmi a te?"

Milia la superò e corse verso il Presidente: "Sta per farlo di nuovo. Ci ucciderà tutti. Vi prego, salvatemi."

Molov l'accolse tra le sue braccia e le accarezzò il capo. "Non ti preoccupare," la rassicurò. "Abbiamo dovuto iniziare dagli altri, perché secondo i Viraz c'era il pericolo che scomparissero. Ho trovato alquanto curiosa l'idea, ma, in ogni caso, abbiamo deciso di non rischiare. Una copia dei tuoi amici è stata caricata su di me e l'altra trasferita in nuovi corpi."

Aleia si guardò con orrore le mani: "Questa… non sono io?" domandò al Presidente.

"Certo che lo sei, regina Aleia, anche io ho centinaia di corpi e rimango sempre me stesso. Ora hai un fisico magnifico, che potrai mantenere in questo stato per secoli e, quando non sarà più funzionale, ti sposterai in uno nuovo."

"Ci avete copiato dentro di voi?" chiese Obolil.

"Esatto! Tutti i vostri ricordi, le vostre esperienze e il vostro patrimonio genetico. Tutto ciò che eravate ora è dentro di me, pertanto non correte più alcun rischio."

Molov sorrise e continuò a parlare con la voce di Obolil: "Eh, ti faccio ribrezzo, vero? Guarda cosa mi ha fatto il nostro caro sovrano! È l'uomo che adesso devo servire. L'uomo che ci domina entrambi, ed è colui che ti ridurrà proprio come me se anche tu non gli darai ciò che chiede."

Poi, tornando al proprio tono di voce, gli domandò: "Ti ricordi, Obolil? Stavi esprimendo a Ilis il tuo disappunto nei confronti di re Beanor."

L'apprendista chiese: "E perché l'avreste fatto?"

"Come stavo dicendo poco fa alla vostra bella sacerdotessa, possedete un potere di cui non v'è traccia nel resto della galassia. Ho deciso di venire con alcuni *me* su quest'astronave per avere la possibilità di studiarvi quanto prima. Ma, potete stare tranquilli, farò la maggior parte delle ricerche sulla mia copia di voi, cercando di comprendere i meccanismi alla base del vostro potere."

Ilis scosse la testa: "Non avete capito nulla."

Il Presidente lo guardò con aria interrogativa: "Vorresti essere così gentile da spiegarti meglio?"

"Voi non potrete ottenere nessuna informazione studiando noi o ciò che chiamate *copia.* Potete fare tutte le ricerche o gli esperimenti che desiderate, ma ciò che eravamo, la nostra essenza, è perduta per sempre. Noi non dimoravamo soltanto nella nostra mente. Avete copiato dei semplici ricordi e ci avete dato dei nuovi corpi. Ma così facendo, ci avete ucciso. Siamo morti nel momento in cui siamo stati privati del nostro vero io. E i nostri poteri sono andati persi, irrimediabilmente. Il collegamento con le forze divine che regolano i principi della magia non può essere copiato. L'energia che animava i nostri corpi non è quella che illumina questa nave e che brilla nella fiamma di una candela. Albergava là dove nessuno può copiarla: nello spirito. E io ora non ne posseggo più neppure una briciola. Conservo un pallido ricordo, questo sì. È da quando mi sono svegliato che mi sforzo di ricreare il collegamento magico, ma purtroppo non ne sono più in grado. Mi chiedo se questa nuova coscienza, ciò che sono ora, possa contenere uno spirito, ma ne dubito. E se anche fosse, non basterebbero cento vite per scoprirlo. Volete unirvi a Lil? Guardatela! Lei è radiosa, brilla di un'energia così pura da illuminare ogni cosa intorno a lei. È lei stessa luce. Ma voi non siete in grado di percepirne la magia, la bellezza, il lato umano e quello divino. Dite di essere ovunque, invece non siete nulla."

Lil era commossa per le parole di Ilis, ma al contempo seguiva con ansia il conto alla rovescia, ormai prossimo allo zero. Come fare per arrestarlo?

Si tuffò nella mente del Presidente, sentendosi trascinata in un oceano di pensieri e ricordi. Vide con migliaia di occhi differenti, udì parole in ogni angolo della galassia, ma non fu in grado di selezionare ciò che le serviva. Così, prima ancora che rispondesse a Ilis, lo addormentò. Entrambi i corpi di Molov caddero a terra.

Credeva finalmente di essersene liberata, quando vide il suo volto comparire di nuovo sulle pareti della sala di comando.

"Lil, te l'ho detto!" esclamò il Presidente. "Non puoi eliminarmi. Sono in migliaia di corpi, sono nel Sistema, sono *ovunque*."

Il Sistema? La giovane aveva appreso cosa fosse dalla mente del dottore. Non era umano, ma comandava ogni dispositivo della nave. *Dunque, è ciò da cui dipende anche il conteggio? E se Molov è anche nel Sistema, allora...* "Ha ragione lei, Presidente," accondiscese. "E io voglio conoscere la galassia, i mondi che ne fanno parte, le vostre città, le infinite forme di vita. Voglio sapere tutto e posso farlo soltanto grazie a lei. Sono pronta, mi permetta di caricare la mia copia."

Il Presidente sorrise soddisfatto. "Sapevo che una ragazza della tua intelligenza avrebbe afferrato al volo l'opportunità che le sto offrendo."

Dal soffitto calò una striscia di materiale argentato che prese la forma di un casco bianco. Scese fino ad aderire al cranio di Lil.

Cosa stai facendo? le chiese Miril.

Fidati di me.

La sacerdotessa la guardò con dolorosa apprensione.

"Ci vorrà solo qualche minuto," la rassicurò Molov.

Lil avvertì subito il collegamento con il Sistema. Non era un essere vivente, ma riuscì a percepirne le molteplici ramificazioni, che si estendevano fino al controllo dei motori dell'astronave, al supporto vitale, alle porte automatiche e agli armamenti. Era costituito da una forma elementare di energia, come un semplice tizzone ardente, così Lil cominciò a spegnerne una parte dopo l'altra.

"Cosa stai facendo? Fermati subito!" le intimò Molov.

Il conto alla rovescia era quasi arrivato a zero.

Lil procedette velocemente, disattivando i componenti uno dopo l'altro. Più andava avanti e più ne comprendeva il funzionamento, fino ad arrestarli in blocchi sempre più ampi.

"Ora basta! Smettila subito o per voi è finita!" le ordinò il Presidente.

Dei bracci robotici uscirono dal soffitto e andarono a stringere la gola dei suoi compagni.

"Fermati o loro muoiono," la minacciò.

Lil vide i loro volti terrorizzati e sollevò dal capo il casco bianco. Non poteva lasciarli morire.

Lil, vai avanti. Salva il nostro mondo, le comunicò Miril.

La giovane le si avvicinò. Due tenaglie argentate le avevano stretto la gola così forte che la sacerdotessa faticava a respirare.

"Presidente, la liberi e completeremo il procedimento."

Il casco scese nuovamente sul cranio di Lil, che nel frattempo aveva abbracciato Miril, baciandola sulle labbra. *Non potrei mai vivere senza di te.*

Il volto della sacerdotessa era rigato dalle lacrime.

Lil chiuse gli occhi, strinse i pugni, si concentrò e irradiò la propria onda energetica nel Sistema.

Riaprì gli occhi. Nella sala si erano accese le luci di emergenza. I bracci robotici avevano lasciato la presa e penzolavano immobili dal soffitto. I suoi compagni si massaggiavano il collo.

Il volto del Presidente era scomparso e, oltre l'immensa vetrata, il suo pianeta riluceva nello spazio infinito.

Lo guardò in lacrime. Presto sarebbe tornata, in un modo o nell'altro, sulle rive della propria amata isola.

Tutt'a un tratto le luci intorno al globo scomparvero, per poi riapparire in un bagliore accecante. Dove poco prima si trovava il suo mondo, ora c'era una distesa di stelle.

Epilogo

ASTRONAVE PLEIA, NEI PRESSI DEL PIANETA GYNDIA
PRESENTE

Lil cadde a terra in ginocchio, affranta.

Miril le posò un braccio sulle spalle e si chinò a consolarla: "Hai fatto tutto ciò che potevi," la rassicurò con voce gentile.

Lei la guardò, scuotendo la testa, con le lacrime che le scendevano copiose sulle guance.

"Ma non è stato abbastanza... Ho fallito!"

"Non è stata colpa tua," la rincuorò l'amica.

"Non abbiamo più una casa," rispose Lil, scrollando il capo.

Si voltò a osservare Ilis, Obolil e Aleia. Erano tutti commossi. La regina le si avvicinò e le disse: "Grazie, per tutto quello che hai fatto."

Attorno a loro, il personale della nave si stava pian piano risvegliando nella semioscurità della sala di comando. Erano tutti disorientati.

Il generale Varmin si diresse verso di loro e dichiarò: "Dovete venire con me. Subito."

"Dove?" gli chiese Miril, con l'impellente desiderio di schiaffeggiarlo.

"Lei può leggere nel pensiero," rispose lui, rivolto a Lil, prendendole gentilmente una mano e portandosela alla fronte.

Dopo pochi secondi, la giovane confermò: "Andiamo. Possiamo fidarci."

Il generale li guidò rapidamente fuori dalla sala.

Mentre uscivano, Ilis prese Milia sottobraccio, trascinandola in malo modo con sé nonostante la sua ritrosia.

Si ritrovarono in un lungo corridoio semibuio, dove solo le tenui luci di emergenza erano accese. Varmin estrasse alcuni dispositivi dalla propria tuta e spiegò loro: "Devo ammanettarvi. È solo per fare scena."

Gli altri guardarono Lil con aria interrogativa. Quando lei annuì, loro stesero i polsi, che furono bloccati da dei raggi luminosi.

Procedendo lungo il corridoio, incrociarono qualche soldato e altri membri del personale. Alla vista del generale, tutti si spostavano per farli passare.

Cos'hai visto, Lil? le domandò la sacerdotessa.

Scusami, Miril, ma devo fargli delle domande. Non posso più aspettare.

A voce non troppo alta, Lil chiese al generale: "Perché non ha funzionato? Il conto alla rovescia si era arrestato. Cos'è successo al mio mondo?"

"Mi dispiace, ma non potevi fare nulla. Il tuo pianeta è stato distrutto da un dispositivo chiamato Raggio dei Mondi, che è stato azionato quasi duemila anni fa e ha viaggiato per tutto questo tempo. Nessuno, neppure il Presidente, sarebbe stato in grado di fermarlo."

Lil si sentì inutile e inadeguata. Era stata una stupida. Come poteva lei, una ragazzina che aveva vissuto quasi tutta la vita su un'isoletta sperduta, anche solo pensare di riuscire a fronteggiare delle creature così potenti? Le tornarono le lacrime agli occhi.

"Ma perché? Per quale motivo distruggere il nostro mondo?" domandò, cercando di nascondere la commozione.

"Quando, duemila anni fa, fu scoperto che sul vostro pianeta erano state apportate delle modifiche allo spazio-tempo, il Presidente ne decretò subito l'eliminazione. Credeva che queste variazioni al tessuto temporale potessero produrre effetti incontrollabili nell'intera galassia. Il Raggio dei Mondi è l'arma più potente di cui disponga la Federazione, ma il suo utilizzo richiede un enorme dispendio di energia. Non può essere spostato e la calibrazione dei suoi colpi richiede un tempo molto lungo. Inoltre, per indirizzarli sul bersaglio occorre creare dei cunicoli spaziali. Quelli necessari al Raggio consumano a loro volta una gigantesca quantità di energia. Di conseguenza, il colpo è stato sparato duemila anni fa sia per risparmiare sia per avere il dispositivo sempre pronto all'uso per qualsiasi emergenza."

"Ma perché annientare il nostro mondo proprio ora?"

Si ritrovarono di fronte a un ascensore, le cui porte tuttavia non si aprirono, costringendoli a usare le scale di emergenza.

"Il Presidente non poteva farlo scomparire prima perché altrimenti avrebbe cambiato il corso del tempo. Era a conoscenza del momento di partenza esatto del vostro viaggio e ha ordinato di calibrare il Raggio dei Mondi affinché colpisse subito dopo che foste stati prelevati. Lil, ora ho bisogno di sapere una cosa. Il riavvio del Sistema non avrebbe dovuto richiedere più di qualche decina di secondi: come sei riuscita a fare tutto questo?"

La ragazza non sapeva cosa rispondere. Come aveva fatto? Cos'erano quelle onde energetiche che era stata capace di emanare? I suoi poteri erano ancora aumentati, ma aveva l'impressione di aver sempre più difficoltà a controllarli e non sapeva se Miril sarebbe stata in grado di aiutarla.

Vide il generale estrarre da una tasca un minuscolo dispositivo con una luce rossa lampeggiante.

"Non so. Mi è venuto… naturale," fu la sua risposta imbarazzata. "Cos'è quella?" chiese incuriosita.

"Tra poco lo vedrai."

Mentre continuavano a scendere le scale, Lil domandò ancora: "Perché per Molov era tanto importante prelevarci?"

Il generale si fermò a fissare tutti loro: "Non lo capite? Guardate cosa siete stati capaci di fare. Lil, nessuno è mai riuscito a mettere in difficoltà il Presidente." Riprese la discesa e proseguì: "Nessuno ha mai messo fuori uso un'astronave della Federazione dei Mondi. Al di là della FM, esistono dei mondi teoricamente indipendenti, le cui popolazioni si difendono nascondendosi. Inventano di continuo nuovi dispositivi per rendere inefficaci le scansioni ad ampio raggio della FM. Ma non dispongono di vere armi. Le forme di vita intelligenti sono costrette a confondersi con quelle animali o a vivere nel sottosuolo o nelle viscere delle montagne. Non esiste popolo nell'intera galassia che sia in grado di contrastare il potere della FM ed è così da migliaia e migliaia di anni. Quando però la Federazione viene a conoscenza di possibili pericoli, agisce in modo brutale e immediato. Il Presidente, con le sue centinaia di corpi, è il leader indiscusso. Manipola ogni cosa. Ma voi… voi rappresentate una speranza per l'intera galassia. Siete gli eredi di una conoscenza antica, che tutti consideravano perduta per sempre. Io, a dire il vero, non so neppure cosa siete. Magia è un termine arcaico, del quale non comprendiamo nemmeno più il significato. La Federazione è dominata dalla scienza e dalla tecnologia. Nessuno crede più negli *dei*, pochi ricordano i tempi antichi in cui esistevano civiltà che avevano fede nel divino. Per quanto ne so, Lil, voi siete gli unici a detenere un simile potere. Quello che è accaduto oggi è stato tremendo. Sapevo che sarebbe successo e a lungo mi è stato impossibile accettarlo. Ma ora esiste una nuova speranza, esiste la possibilità di salvare milioni di mondi, miliardi di individui, e quella speranza sei tu."

Il generale controllò il dispositivo con la lucina rossa e aggiunse: "Siamo quasi arrivati, ma dobbiamo sbrigarci!"

Pur avendo letto nei pensieri di Varmin, Lil non aveva ancora ben capito chi fosse veramente. Di una cosa però era certa: non era chi diceva di essere.

"Come ci hai trovate?"

Il generale sorrise: "È stato un caso. Ho conosciuto un poliziotto che in passato aveva fatto parte della sicurezza del Raggio dei Mondi. Quando lui è passato dalla nostra parte, ci ha riferito tutto ciò che sapeva. La vicenda del tuo pianeta era secretata con un protocollo di massima sicurezza, così, per scoprire qualcosa di più, ho dovuto prendere la forma di uno dei più alti funzionari della Federazione. Quando ho capito quale fosse il motivo di questa missione, ho mantenuto quell'identità per imbarcarmi su questa nave."

Miril, che aveva fino a quel momento ascoltato in silenzio, chiese: "Chi sei?"

Varmin era giunto alla base della scala. Con i comandi manuali aprì una porta e proseguì oltre, invitandoli a entrare. Si ritrovarono in uno stanzino quadrato. Poi spalancò le ante di un armadietto e diede dei dispositivi in mano a ciascuno di loro. Disattivò le manette e toccò uno per uno i congegni, dai quali partì una membrana di tessuto argentato che si espanse fino a ricoprire i loro corpi, testa compresa, formando delle bolle trasparenti in corrispondenza di nasi, orecchie, occhi e bocca.

Tutti lo guardarono esterrefatti.

"Per fortuna funzionano ancora. Almeno questi li hai risparmiati! Dovrò tenere bene a mente di non farti arrabbiare," scherzò il generale rivolto a Lil. Poi, tornando serio: "Sono delle tute spaziali. Siete pronti per una passeggiata nello spazio?"

Senza perdere tempo, Varmin aprì un boccaporto ed entrò in una camera di decompressione, seguito dal resto del gruppo. Estrasse il dispositivo con la lucina rossa e guardò impaziente fuori dall'oblò. Gli altri lo imitarono, incuriositi e un po' preoccupati.

Lil diede un'occhiata fuori. Non c'era più il suo pianeta, ma quelle migliaia di piccole luci erano di una bellezza tale da toglierle il fiato. Un giorno sarebbe riuscita a trovare tra di loro una nuova casa?

La lucina di Varmin lampeggiò con sempre maggiore frequenza finché non rimase fissa.

Pochi secondi dopo, lo spazio di fronte a loro divenne nero e da quell'oscurità emerse un'astronave.

"Datevi la mano, andiamo," li esortò il generale, prendendo quella di Lil e aprendo il portellone.

Si spinse fuori, tirandosi dietro la ragazza, che si ritrovò sospesa nello spazio con i compagni alle sue spalle.

Non aveva più peso e non stava cadendo da nessuna parte. Si guardò indietro e vide l'astronave da cui erano usciti sempre più lontana. Sulla fiancata era scritto *Pleia* in caratteri cubitali.

Era una sensazione inimmaginabile. Le venne una leggera nausea, che tuttavia riuscì a tenere sotto controllo.

Udì nelle orecchie la voce di Varmin: "È stupendo, vero?"

Era un po' come librarsi in astrale, ma conservando tutte le percezioni del corpo fisico.

L'astronave cui erano diretti, molto più piccola di quella che avevano appena lasciato, si era avvicinata a tal punto che il generale riuscì a toccarne una fiancata.

Il portellone esterno si aprì e Varmin li tirò tutti dentro. Subito dopo, Lil avvertì nuovamente il proprio peso e si ritrovò accovacciata sul pavimento.

Il generale sfiorò le loro tute spaziali, che si ritrassero in pochi istanti.

Si guardarono l'un l'altro stupiti. Obolil e Ilis sorridevano, Miril fissava Lil intensamente. Persino Milia appariva un po' emozionata.

"Venite," li esortò Varmin.

Gli ambienti della nuova astronave erano molto più piccoli, ma era pienamente operativa a differenza dell'altra. Le porte si aprivano in automatico al loro passaggio e una dolce musica si diffondeva in tutti i corridoi. Non incontrarono altri umani fino a quando giunsero alla cabina di comando, dove, di fronte alla plancia, scorsero un uomo di spalle.

Lil vide il generale sorridere di gioia.

"Pronti per il salto?" chiese il comandante.

"Non credo proprio," rispose Varmin.

Oltre il vetro, le stelle cominciarono a muoversi velocemente, fino a diventare tante strisce luminose. Lil si sentì di nuovo senza peso e si rese conto che i piedi non poggiavano più sul pavimento. Vide mani, braccia e gambe sdoppiarsi.

Si voltò in cerca di Miril e trovò due copie della sacerdotessa. Poco dopo se ne aggiunse una terza. Allungò le proprie numerose mani verso di lei, senza però riuscire a raggiungerla.

Tutt'a un tratto quegli strani fenomeni cessarono. Lil guardò fuori e di colpo realizzò che le stelle non erano più quelle che aveva visto fino a un attimo prima.

L'uomo ai comandi si alzò in piedi, avanzò verso il generale e lo abbracciò. La tuta di Varmin scomparve, poi fu la volta dei capelli. La corporatura perse di consistenza, facendosi più minuta. Il comandante posò le proprie labbra su quelle di colore viola della creatura.

Tutti seguivano la trasformazione a bocca aperta. Comparvero dei seni abbondanti, una vita sottile, dei bei fianchi, gambe lunghe e slanciate. Era la femmina più bella che Lil avesse mai visto, ma non era umana. Al posto della pelle era ricoperta di scaglie. Infine, le crebbe una bella chioma dorata.

Nel frattempo il bacio proseguiva appassionato sotto i loro sguardi stupefatti.

La mutante allontanò leggermente il viso e lo posò sul petto del comandante, stringendolo forte a sé. "Buongiorno, capitano Bascos. Mi sei mancato," gli sussurrò.

"Ciao Ipsia," rispose lui.

Il Segreto della Sorgente (I Rami del Tempo Vol. 3)

Sono in molti a credere che lei sia quella giusta, l'Erede della Luce, colei che, in un universo dominato dalla scienza e dalla tecnologia del Presidente Molov, risveglierà la parte più profonda degli individui. Ne è convinta la sua compagna Miril, hanno fede in lei la mutante Ipsia e il Maestro Elor e soprattutto gli abitanti delle Terre Libere di Vaior, l'ultimo baluardo di vera libertà. Ma a non credere in sé stessa è proprio Lil, distrutta dai sensi di colpa per la scomparsa del suo mondo e incapace di fare i conti con un destino che le ha già portato via quasi tutto.

Eppure per Lil non c'è più tempo. Nelle Terre Libere nulla è come appare. Valika, sua futura guida spirituale, è la prima ad aver rinnegato gli ideali più puri e il fanatismo delle vestali del Santuario, unito alla brama senza fine di beni materiali, minaccia lo scoppio di una guerra fratricida.

L'unica soluzione è raggiungere la Sorgente di cui parla un'antica Profezia. Ma a sbarrar la strada a Lil è il peggiore dei pericoli nei quali possa imbattersi un essere vivente, la negazione stessa della vita. E proprio coloro di cui ha più bisogno saranno i primi a tradirla.

In quale dimensione nascono i tuoi sogni?

Energie della Galassia

DataCom, la multinazionale guidata dalle intelligenze artificiali, vuole sterminare gli umani. Aurelia trova il partner perfetto in un robot. L'esploratore spaziale Arcot offre la vita per l'impossibile conquista del cuore di Vril, la regina vampiro. Una mutante può assumere qualsiasi forma accenda i desideri erotici del poliziotto che la insegue. Alessio, il geniale imprenditore, lotta contro la corruzione in un universo da lui stesso creato. L'immotivata incarcerazione di un ingegnere costretto a subire il dominio di una spietata direttrice carceraria. Una dimensione magica che si svela a un sovrano immemore del proprio passato. Due anime straziate dal sentimento dell'abbandono che si rincorrono da una vita all'altra. Un gioco di realtà virtuale dove il cacciatore della temibile vedova nera ne diviene la preda.

In prima posizione tra i 10 migliori autori italiani autopubblicati di WIRED

"Visceralmente coinvolgente, profetico e intrigante" - Katy Policante
"L'anima dei personaggi, i sentimenti, l'eros e le passioni toccano le nostre corde più intime..." - Lande Percorse
"...a crisp, sharp, intriguing look at modern day and the near future" - James Hitchens

Scopri Energie della Galassia su Amazon Kindle
http://www.amazon.it/dp/B00ARD4PUQ/

L’Autore

Nell’autunno del 2012 Luca Rossi decide di cambiare vita per dedicarsi al sogno che coltiva fin da quando aveva sei anni: la scrittura.
Lavora su una serie di racconti fantasy e di fantascienza con sfumature erotiche che confluiscono nella raccolta *Energie della Galassia*. L’opera è tradotta in lingua inglese l’anno successivo e ottiene un buon riscontro tra il pubblico angloamericano.
Il suo primo romanzo, *I Rami del Tempo*, vede la luce nel 2014. Il libro diventa uno dei fantasy più letti su Amazon in Italia. A fine anno Luca pubblica il secondo volume della saga, *L’Erede della Luce*. Nel 2017 arriva il terzo capitolo, *Il Segreto della Sorgente*.

Luca Rossi ha pubblicato tutte le proprie opere come scrittore indipendente, curando in prima persona ogni aspetto, dalla stesura all’impaginazione alle copertine.

Gestisce autonomamente i suoi account sui social network, dove lo segue quasi mezzo milione di persone.

Per ulteriori informazioni potete consultare il suo sito web: www.lucarossi369.com/,
o scrivergli via email all’indirizzo: luca@lucarossi369.com.
Iscrivendovi alla mailing list sarete informati sulle nuove uscite: www.lucarossi369.com/2013/08/mailing-list.html.

Potete seguirlo su:
Facebook: www.facebook.com/LucaRossiAuthor
Twitter: twitter.com/LucaRossi369
Instagram: instagram.com/lucarossi369
e sulla sua pagina Amazon: amazon.com/author/lucarossi.